COLLECTION PROSE
DIRIGÉE PAR MARIE-ÈVE LANDRY

ABSENTE *pour la* JOURNÉE

Conception graphique de la couverture : Kinos.
Conception graphique de l'intérieur : Jovette Cyr.

CATALOGAGE AVANT PUBLICATION DE BIBLIOTHÈQUE ET ARCHIVES CANADA

St-Pierre, Christiane, 1949-, auteur
        Absente pour la journée : roman / Christiane St-Pierre.

Publié à l'origine : Éditions d'Acadie, 1989.
Publié en formats imprimé(s) et électronique(s).
ISBN 978-2-89691-151-6 (couverture souple).--ISBN 978-2-89691-152-3 (html).
--ISBN 978-2-89691-153-0 (pdf)

        I. Titre.

PS8587.A34947A62 2015   C843'.54   C2015-905300-5
                                                 C2015-905301-3

DISTRIBUTION EN LIBRAIRIE AU QUÉBEC
Diffusion Prologue
1650, boulevard Lionel-Bertrand
Boisbriand (Qc) J7E 4H4

AILLEURS AU CANADA ET EN EUROPE
Les Éditions Perce-Neige   editionsperceneige.ca
22-140, rue Botsford   perceneige@nb.aibn.com
Moncton (N.-B.)   Tél. : (506) 383-4446
Canada E1C 4X4   380-0740

La production des Éditions Perce-Neige est rendue possible grâce
à la contribution financière du Conseil des Arts du Canada et
de la Direction des arts et des industries culturelles du Nouveau-Brunswick.

Ce livre est conforme à la nouvelle orthographe.
www.orthographe-recommandee.info

CHRISTIANE ST-PIERRE

ABSENTE *pour la* JOURNÉE

Roman

PRÉFACE

Chère Christiane,

Tu ne sauras jamais à quel point ta visite, cet été, m'a fait plaisir. Après 25 ans, j'avoue avoir été très surprise que tu demandes à me revoir. Il y avait tellement longtemps que nous nous étions perdues de vue, alors j'ai hésité.

Il n'est pas facile de renouer des liens après tout ce temps passé chacune de notre côté sans jamais nous donner de nouvelles. J'ai pensé à toi souvent et me suis demandé ce que tu étais devenue. Et voilà qu'un matin, tu communiques avec moi. Ma première réaction a été de te dire non. Pourquoi remuer une histoire qui s'est déroulée il y a très longtemps ? J'ai dit non, car j'avais peur que tu me trouves changée, que tu penses que j'avais mal vieilli. Moi qui n'ai jamais eu de complexe, qui n'ai jamais eu froid aux yeux et surtout qui ne me suis jamais souciée des autres, voilà que j'avais peur de ces retrouvailles.

J'ai refusé de te rencontrer parce qu'on avait toutes les deux passé à autre chose. J'étais partie et je ne voulais plus me prêter au jeu du souvenir, moi qui ai passé ma vie à en collectionner dans ma mémoire. J'ai dit non et tu as insisté. Non ! Alors tu m'as expliqué que même après tout ce temps, il y avait encore des gens qui disaient se souvenir de moi et surtout qu'ils m'avaient aimée. Peut-on dire non à l'amour ? Personnellement, je n'ai jamais pu.

L'amour donne très souvent des ailes, mais suscite aussi de l'angoisse et des tourments. Retrouver de vieux amants ne me fait pas peur, mais qu'en est-il de cette jeunesse actuelle ? Je les regarde et je les aime, mais eux, ils sont rendus tellement plus loin que moi à leur âge. Ils ont le monde au bout de leurs doigts avec tous leurs gadgets électroniques. Qu'est-ce qu'une histoire comme la mienne peut leur apporter, eux qui évoluent dans un monde à la fois virtuel et humain ? Le doute m'a assaillie et j'ai voulu dire non à cette rencontre. Ce que je n'avais pas prévu, c'est que j'avais devant moi une femme aussi butée et entêtée. À bout d'arguments et surtout de patience, j'ai alors accepté de te revoir.

J'étais un peu nerveuse et tu l'étais tout autant. Puis nous avons pris le thé comme deux vieilles amies qui se rencontrent après de longues années passées loin l'une de l'autre. Je me suis replongée dans mon histoire. À force de parler et de rire, je me suis prêtée au jeu et j'ai modifié quelque peu certains éléments. Il est impossible de raconter la même histoire exactement comme la première fois. Il y a des détails qui se perdent et d'autres qui s'ajoutent, mais à la fin de tout le processus, j'espère avoir clarifié certains points pour une meilleure compréhension de ce qu'aura été une partie de ma vie.

À la fin de notre rencontre, quand est venu le

temps de nous séparer, j'ai ressenti la même émotion qu'il y a 25 ans. Il y avait à la fois du bonheur et de la tristesse. Ta visite m'a fait du bien, car elle m'a permis de revivre de beaux et bons moments.

Je ne sais pas si nous nous reverrons un jour, mais dis aux gens que j'ai eu une vie excitante pour l'époque et que si c'était à refaire, je n'hésiterais pas une seconde à recommencer avec toute la fougue qui m'a toujours habitée. Dis-leur surtout qu'ils continuent de rêver, car tant qu'ils auront des rêves, ils seront vivants.

Donne-moi des nouvelles de temps à autre, chère Christiane, et prends soin de toi.

Anita Leduc
25 aout 2014

I

Anita Leduc aurait pu se marier, faire des enfants et, sur le tard, prendre un travail à l'extérieur de la maison pour embellir son quotidien. Comme tant d'autres, elle se serait engagée dans la communauté en faisant du bénévolat ou en adhérant à de quelconques organisations. Cette femme aurait vécu une vie bien ordinaire, n'eût été sa passion pour les voyages.

En réalité, sa vie entière n'était qu'un tour du monde à l'infini. Chez elle, la passion du voyage, qui n'était qu'une détente à l'origine, s'était peu à peu transformée en besoin, puis en raison de vivre. Ses pensées, ses actions, ses gestes, tout convergeait vers la préparation de ses voyages à l'étranger. Aucun pays ne lui était inconnu : la Chine, l'Australie, la Norvège ou encore le Brésil. Elle avait tout visité, sans jamais se lasser d'y retourner.

Anita Leduc suscitait l'admiration du village. Tout le monde était heureux de connaitre la plus grande globetrotteuse de tous les temps et, surtout, d'écouter ses récits. On lui portait un respect que bien des dignitaires lui auraient envié ; malheureusement, ils n'étaient pas Anita Leduc, et pour cause.

Elle était bouleversante par ses récits, et ses anecdotes devenaient un feu qui pétille pour faire éclater la nuit. Continuellement entre deux avions, les yeux cernés par le décalage horaire, elle vivait entre deux destinations. Femme adulée et aimée par tout le village, Anita Leduc n'avait pourtant jamais pris l'avion de sa vie.

II

Bientôt âgée de soixante-dix ans, Anita Leduc n'avait jamais accepté de vivre avec Michel qui, pourtant, la fréquentait depuis une dizaine d'années. La vertu, attachée à elle comme un lierre à une maison, la tenait dans une solitude heureuse et sans histoire. Enfin, pas tout à fait sans histoire. Cette supposée vertu en avait pris un drôle de coup, surtout au temps de la guerre. Mais les histoires avaient commencé bien avant, lorsque les Leduc étaient venus s'installer au village.

L'arrivée au pays d'Albert Leduc, de même que sa vie, demeurent une période un peu trouble. Le temps s'est chargé de déformer l'histoire, si bien qu'il devient de plus en plus difficile de se la rappeler. D'où venait cet homme? Que faisait-il? Ça, personne n'a jamais pu le savoir. Cet étranger taciturne, dont le léger accent rappelait les vieux pays, ne s'était jamais laissé aller aux confidences. Il avait acheté toutes les terres du vieux Samuel Cormier six mois avant la mort de celui-ci. Cormier avait tout vendu à un étranger à l'insu de tous.

Le matin des funérailles, les gens virent arriver Leduc et deux autres hommes dans une charrette. Les nouveaux venus entrèrent dans l'église et

assistèrent au service. Au lieu de se rendre au cimetière, ils continuèrent jusqu'à la maison de Samuel
et commencèrent la démolition de la maison. Au
bout de trois jours, il ne restait plus que le hangar
et la grange dans laquelle ils couchaient tous les soirs.

Pas bavards du tout, ces étrangers ; pas moyen
de leur soutirer un mot. Les gens étaient tellement
intrigués que Marcel Lacroix prit la liberté d'aller
voir le notaire qui avait conclu la vente. Lui non
plus ne savait rien de Leduc, si ce n'est qu'il avait
payé comptant. Quant à Duguay, le marchand de
bois, il répétait à qui voulait l'entendre que Leduc
payait tout de suite au lieu d'acheter à crédit comme
le faisaient la plupart. Ces petits détails étaient
suffisants pour faire parler les gens, surtout en
pleine crise économique. Albert Leduc devait être
très riche. Du moins, c'était la rumeur qui circulait
au village.

Sur l'emplacement de la vieille maison, on
commença la construction d'une autre, beaucoup
plus grande que celle de Samuel. La maison, plus
longue que large, ne comportait, outre la salle de
séjour, qu'une petite pièce : Leduc allait y installer
une toilette, fait sans précédent au village. Assu-
rément, l'étranger devait être millionnaire. Dans la
grande pièce, au beau milieu du plancher, une trappe
conduisait à la cave. Selon Philippe à Germain, qui
était entré fouiner en l'absence de Leduc, la cave
était assez profonde pour contenir vingt caisses de
whisky empilées les unes sur les autres. Mais il fallait
savoir que le gars à Germain prenait un coup plus

souvent qu'à son tour et voyait des montagnes de whisky partout.

À la fin de l'été, Leduc et ses hommes repartirent pour ne revenir qu'au mois de novembre. La veille de leur retour, il avait neigé et l'hiver semblait vouloir s'installer plus tôt que d'habitude. Le lendemain de la première bordée, les gens étaient assis tranquilles à regarder filer le temps à travers les fenêtres quand ils virent tout à coup passer Leduc. Deux charrettes pleines de meubles et de coffres passèrent sous leurs yeux. Les hommes devaient surement transporter le ménage d'une famille de douze enfants au moins. À n'en pas douter, Leduc avait une grosse famille. Les gens en étaient tout chavirés et, avant même qu'on ait pu leur poser des questions, Leduc et ses hommes repartirent. Meubles et coffres déposés à la hâte, ils ne revinrent pas de l'hiver.

La neige et le froid n'arrivaient pas à calmer les esprits. Comme l'hiver paralysait toutes les activités de pêche, on avait le temps de jongler à toutes sortes de suppositions à cœur de jour et de soirée. Pas une partie de cartes, pas une veillée sans que le nom du millionnaire ne soit évoqué. La vie de Leduc, à laquelle on prêtait mille mystères, courait d'une maison à l'autre et, avant même qu'il revienne au début de l'été, il était devenu une légende.

Et la légende, cet été-là, démolit la grange et le hangar de Samuel. Leduc donna tout ce qui se trouvait dans les bâtiments, ne gardant pour lui que les planches. Régulièrement, on venait tourner devant la maison. Car elle était la dernière du village, et tant qu'à faire la promenade du soir, autant aller jusqu'au bout. Mine de rien, tout en surveillant les travaux, on posait des questions, mais Leduc n'était pas plus bavard qu'avant. De temps à autre, Gemma Thériault arrivait en plein après-midi avec du pain frais et un rôti de lard. Elle aurait donné sa vie pour que les beaux yeux gris de Leduc se posent sur elle et qu'il lui fasse des confidences entre deux bouchées de pain. Leduc et ses hommes remerciaient, mais n'ajoutaient rien de plus.

À la fin de l'été, ils bâtirent de chaque côté de la maison deux autres pièces. La maison paraissait plus acceptable; après tout, la famille n'allait quand même pas coucher au beau milieu de la place! Ils construisirent également une immense galerie à l'arrière. Autant dire tout de suite la frustration des gens. A-t-on idée de construire une galerie à l'arrière d'une maison! Habituellement, une galerie se pose devant pour qu'on puisse mieux surveiller ce qui se passe; pas à l'arrière, surtout s'il n'y a que des arbres à voir. Une galerie qui se respecte permet de se bercer et d'inviter les voisins à venir s'assoir et échanger des nouvelles. Il fallait bien venir d'ailleurs pour ne pas savoir ça. Tant qu'à y être: la maison n'était pas mieux; seulement deux petites fenêtres perçaient la façade et trois grandes fenêtres donnaient sur l'arrière. Vraiment! On aurait cru que la maison boudait la rue.

À l'automne, même scénario que l'année précédente: les hommes partirent pour ne pas revenir de l'hiver. Au printemps suivant, une double activité accaparait les gens. On se préparait à la pêche et on guettait le retour de la fameuse charrette de Leduc. Au milieu de juin, alors que l'on avait perdu espoir, une Ford 1934 fit son entrée. Leduc n'arrivait plus avec ses hommes, mais avec sa fille.

Anita ne paraissait pas avoir quinze ans, tellement elle était menue pour son âge. Pas plus bavarde que son père, elle évitait de répondre lorsqu'on s'aventurait à la questionner. Albert Leduc s'absentait très souvent, laissant sa fille seule à la maison. Quelquefois, mais très rarement, il faut dire, il lui arrivait de l'emmener avec lui. Anita ne fréquentait pas l'école et passait ses journées à lire, à se promener sur la grève ou encore à courir à travers les bois. Indépendante et solitaire, elle ne se mêlait jamais aux autres.

Pour une enfant qui s'était élevée toute seule et malgré son jeune âge, elle semblait bien tenir maison. Le plancher était propre, sans l'ombre d'une poussière, et il y avait des odeurs qui ne trompent pas. À l'automne surtout. Des effluves de tartes aux pommes et de conserves émanaient de la maison pour se répandre à la grandeur de la rue. Ça sentait bon! Au début, durant les longues absences du père, quelques femmes du village venaient s'informer si la petite n'avait pas besoin d'aide; on en profitait, bien sûr, pour jeter quelques coups d'œil à l'intérieur. Mais la petite, quoique très polie, n'était pas invitante. Elle refusait leur aide et n'offrait même pas une tasse de thé. C'était peine perdue. Comme son père, elle demeurait muette sur sa vie.

Les gens semblaient embêtés quant à l'origine de la jeune fille. La mère. Où était sa mère ? Personne ne l'avait encore vue. Était-elle vivante ou morte ? Le père, lui, on le voyait, même si on ne savait pratiquement rien de lui. Que faisait-il comme travail ? Pourquoi partait-il si souvent et si longtemps ? De quel endroit venaient les Leduc ? Pourquoi faire tant de mystères ? Si quelqu'un était au courant, ce devait être le curé ; après tout, la petite assistait à la messe tous les dimanches et se confessait régulièrement. Mais allez donc essayer de tirer quelque chose d'un curé vieillissant et buté. Il ne savait rien. La belle affaire !

Au fil des années, Anita grandit – si peu – et devint de plus en plus jolie. Plus d'un garçon lui tournait autour, mais la fière Anita ne se laissait pas approcher. Elle n'allait jamais aux noces, alors que tout le village était invité, ni jouer aux cartes et encore moins danser dans les veillées. Les parents, sans l'avouer ouvertement, auraient bien aimé la voir mariée au fils de la maison ; après tout, elle possédait une fortune et savait se tenir aussi bien qu'elle tenait maison. À part son indépendance, la seule chose qu'on pouvait lui reprocher était les trop longues heures passées dans les livres ou sur la grève. Malgré cela, tous étaient persuadés que l'homme qui l'épouserait saurait bien la mettre à sa main et lui enlever le gout de la lecture.

À l'annonce de la guerre, Anita Leduc, âgée de

vingt ans, avait eu toutes les chances de se marier. Mais voilà : la trop fière n'avait jamais accepté d'être fréquentée par un gars de la place, et refuser un gars du village devenait l'insulte suprême. « À lire trop de livres, disait Émilienne, ça dérange un cerveau. » Ce qui commençait à nuire à sa cause, c'était sa vie un peu trop respectable et sans reproche. On ne lui connaissait aucune aventure amoureuse. Au dire des gens, une telle attitude, à son jeune âge, devait cacher un vice étrange. Au village, on se mariait jeune ; à vingt ans, on attendait son troisième enfant et la trentaine n'arrêtait pas la production.

L'indépendante ! Henri Duguay, le plus beau gars du village, se retrouva avec une bosse sur le front pour avoir tenté de serrer d'un peu trop près la fille Leduc. Et dire que toutes les filles rêvaient du beau Henri ! La Leduc était folle ! Si elle continuait comme ça, elle se retrouverait vieille fille et le regretterait toute sa vie.

À l'époque de la guerre, le village fut envahi par les étrangers. Des soldats y passaient une nuit ou deux et repartaient pour ne plus revenir. Plusieurs jeunes du village et des alentours, attirés par l'uniforme et l'aventure, délaissèrent la pêche afin de se porter volontaires. On rêvait de se retrouver au front pour combattre l'ennemi. Grâce à la proximité de la mer, la contrebande battait son plein, si bien que le village était en constante effervescence. On se riait des autorités, et les risques pris la nuit valaient bien toutes les médailles gagnées au champ de bataille.

Au moment de la conscription, ce fut une autre histoire. Si peu de gens se sentirent concernés par la guerre à ses débuts, voilà que les esprits commençaient à s'échauffer. Volontaires d'accord, mais obligés... c'était autre chose ! Les déserteurs étaient traités de lâches et devenaient la honte de la famille. La guerre ne faisait plus rire personne.

Entretemps, alors que les hommes jouaient aux héros, toutes les filles trompaient leur ennui en passant de longues soirées à écrire d'interminables lettres. Toutes, sauf Anita Leduc. Sans se départir de son apparence tranquille, elle ignorait tout autour d'elle. Elle continuait à lire et à marcher, sans jamais aller écouter les nouvelles de la guerre au magasin général ni se mêler aux étrangers. La guerre ne l'intéressait pas. Et son père ? Lui aussi, comme les autres, dut partir. Le matin du départ, Anita n'accompagna pas son père à la gare alors que le village entier était là pour voir partir les valeureux soldats. Elle passa sa journée à lire. Ce père si souvent absent ne devait plus revenir. Anita ne montra aucune réaction et n'en parla jamais. Personne ne soupçonnait alors que cette fille dotée d'un esprit aventureux, aimant avec démesure le défi et les dangers, allait tenir en haleine un village entier.

La maison des Leduc, située au bout du village, semblait offrir un havre de sécurité fort apprécié des déserteurs. Comme la grande galerie donnait sur le bois qui débouchait sur la mer, la maison pouvait servir de cachette d'où il était facile de filer en cas d'urgence. La maison et le bois tout autour étaient fouillés régulièrement, mais on n'y trouvait rien. Pas un indice. Et pourtant, elle ne devait pas être si blanche que ça, la belle Anita. Aussi chacun y allait-il de ses suppositions. Certains affirmaient qu'ils avaient vu Anita Leduc sortir la nuit et prendre le chemin de la côte; d'autres disaient avoir aperçu des ombres dans sa maison la nuit. Il y en a même un qui jurait l'avoir vue revenir à l'aube sur un bateau allemand. Et la maison était de nouveau fouillée.

Un jour on apprit que le garçon de Séraphin Ward avait passé trois mois dans la cave des Leduc; ce fut suffisant pour ranimer les rumeurs. « Je vous l'avais bien dit », répliqua Hélène Doiron. Imaginez la belle célibataire passant ses nuits avec Willy... Après le départ de Ward, le village entier baissa les yeux pour surveiller la taille de la jeune fille. Le déserteur ayant été découvert et envoyé à la guerre, l'Europe le coucha quelque part, dans un champ pour soldats inconnus. Il n'eut pas le temps de raconter ce qui s'était passé, et Anita Leduc garda son secret.

Toujours selon la rumeur, d'autres déserteurs se succédèrent chez la Leduc. Sans même en avoir vu un seul, on placotait allègrement! On supposait, on affirmait, on critiquait, on démentait, bref, on ne savait rien. Peu importe, la guerre devenait excitante à force d'imaginer ce qui se passait à l'intérieur de ces murs. Jamais la maison d'Anita ne connut tant les hommes que pendant la guerre. Malgré ces évènements, on ne remarqua aucun changement physique chez la célibataire. Anita Leduc conservait toujours sa taille de jeune fille. La guerre terminée, le village entier referma ses portes aux étrangers et Anita Leduc ouvrit la sienne pour sortir au bras d'un inconnu.

Le crépuscule avait à peine fini d'envelopper les derniers soupçons de jour que les berceuses sur les galeries se mirent à se balancer à un rythme régulier. Les gens, écrasés par la chaleur, respiraient à même la tiédeur du soir. Il faisait bon se laisser aller, sachant que la journée du lendemain s'annonçait lourde de sueur et de travail. Comme tous les soirs depuis la fin de la guerre, les gens recréaient la paix au fil des conversations.

Sur le grand chemin de terre au repos, on crut voir qu'un couple sortait de la dernière maison du village. En effet, comme une apparition que l'on n'attendait plus, la silhouette d'Anita Leduc flottait au bras d'un inconnu. Du coup, les berceuses suspendirent leur mouvement et les yeux allèrent chercher le couple qui osait défier le soir. L'attente était récompensée, la rumeur cédait sa place à la réalité. On allait enfin le voir de près, cet étranger qui, depuis on ne sait quand, se terrait chez Anita.

Depuis le temps, on se doutait bien qu'il y avait quelqu'un chez la jeune fille; aussi les femmes, rongées par la curiosité et le désir de savoir, inventaient-elles les prétextes les plus fous pour se rendre chez elle. Si les nombreuses fouilles de l'armée n'avaient rien donné, elles sauraient bien découvrir la vérité. À croire que toutes ces femmes ne pouvaient trouver le repos tellement l'obsession leur tournait la tête. Certaines fois, elles avaient le don d'arriver à l'improviste, parfois tard le soir et, comme des bêtes sauvages, elles dirigeaient leurs yeux autour de la grande pièce pour finalement les étirer vers la chambre à coucher dont la porte était soigneusement fermée. Si elles en avaient été capables, elles auraient poussé l'indécence jusqu'à ouvrir la porte, mais une certaine crainte de perdre la face les empêchait d'aller au-delà de cette porte close. En désespoir de cause, elles examinaient Anita en espérant lire chez elle les traces discrètes du plaisir.

Rien! Anita ne laissait jamais rien paraitre! On en venait à croire qu'elle n'avait pas vécu les exaltations de la guerre, jusqu'au jour où Hélène Doiron se présenta à la maison des Leduc.

La Doiron! À voir Anita et cet étranger défiler devant eux, tous se souvinrent de l'incident auquel la Doiron avait été si intimement liée. Il devait être près de vingt-trois heures lorsqu'elle sortit de chez elle, sombrement vêtue. Personne ne remarqua l'ombre se faufiler de maison en maison, puis d'arbre en arbre. La nuit n'était pas au clair de lune, et les crapauds, énervés, laissaient entendre leur coassement. «Criez plus fort, pensait-elle, comme ça on ne m'entendra pas venir.» Hélène ne courait pas; on aurait dit qu'elle volait tellement elle avait hâte d'arriver. La sueur détrempait ses vêtements et on pouvait voir battre son cœur avec fracas sur ses tempes.

Après s'être glissée furtivement jusqu'à la maison d'Anita, elle fit rapidement le tour des fenêtres. Il était inutile de s'attarder à celles d'en avant, car en plus d'être trop petites, elles étaient trop hautes. À travers celles d'en arrière, on pouvait d'un coup d'œil balayer la grande pièce. La forteresse était bien gardée; tout était fermé. Et tout était noir. Sauf... sauf peut-être la chambre à coucher. Alors là, Hélène en était sure. Malgré l'épaisseur des draperies, une faible lueur cherchait à s'en échapper. Aucun doute, maintenant, Anita était là, et pas toute seule. La Doiron aurait juré entendre de petits râles entrecoupés de longs soupirs. Rouge de plaisir, elle monta les marches de la galerie sur la pointe des pieds. Elle tenait enfin la preuve que quelqu'un se trouvait dans le lit de la trop innocente Anita. Les sons qu'elle avait perçus lui prouvaient que ces deux-là ne faisaient pas des prières ou, si c'en était, elles devaient être d'un genre assez particulier.

Dans le village, on ne la surnommait pas l'écornifleuse pour rien. Elle était au courant de tout ce qui se passait et, encore une fois, elle saurait. Elle leur montrerait, à ces ignares, que la curiosité donne parfois de bons résultats et permet de rassasier bien des consciences.

Elle colla son oreille à la porte et entendit des pas précipités. Avant même qu'elle ait eu le temps de saisir quoi que ce soit, la porte s'ouvrit brusquement et la commère se retrouva étendue de tout son long au beau milieu de la pièce. Ne sachant trop quelle attitude adopter, la Doiron se releva lentement en glissant une remarque un peu gauche. Comme sa réflexion n'avait pas déridé Anita, elle secoua ses vêtements et se mit à bafouiller légèrement, sentant la situation lui échapper. Comment expliquer à Anita que c'était tout simplement la curiosité qui lui avait fait voir le plancher d'un peu trop près ! Voyant bien qu'elle perdait tous ses moyens, elle finit par lâcher, presque en colère :

— Ce n'est pas une façon d'ouvrir une porte à du monde. Vous auriez pu me tuer, Anita Leduc. Me tuer... Je ne vous ai rien fait, moi ! Si je suis ici, ce n'est pas parce que je le veux. On commence à en avoir assez. Même qu'on trouve que vous exagérez pas mal avec vos airs de sainte nitouche. On va toujours ben savoir qui se cache ici !

— Qui ça, « on » ? souffla Anita en lui barrant le passage.

Ne sachant trop ce qui se passait ou alors le devinant trop bien, la jeune Leduc jouait de l'inno-cence en virtuose. Elle porta la main à son cou pour mieux refermer sa robe de chambre. Ce petit geste rapide ne passa pas inaperçu et la Doiron eut le temps de voir qu'Anita ne portait rien en dessous.

— Le village !

En lâchant ce mot, Hélène Doiron subit l'effet d'une véritable métamorphose. Uniquement à le prononcer, elle reprit son assurance, prête à affronter le diable en personne si c'était nécessaire. Elle avait également la nette impression que le village au complet était derrière elle pour l'appuyer.

Elle se voyait à la tête d'une importante délé-gation, venue au péril de sa vie débroussailler l'énigme qui avait trop duré. Elle savait que le village comptait sur elle. Seule la Doiron pouvait affronter Anita Leduc et lui faire enfin avouer tout ce que l'on imaginait depuis tant de mois. Plus puissante que le maire et le curé, elle devenait à l'instant même l'héroïne du village. Salvatrice de la moralité, Prix Nobel de la paix, reconnue par Sa Sainteté, elle ferait la une de tous les journaux et on en reparlerait encore dans cent ans. Elle se voyait dans les archives, et tous ces honneurs ne pouvaient que lui échoir.

Le village scandait déjà son nom. Le village... Elle entendait son murmure à peine perceptible au début, qui s'amplifiait de plus en plus jusqu'à devenir un cri déchirant la nuit. La Doiron pouvait en sentir le souffle dans son dos. Les ondes de chacun lui étaient transmises et une énergie nouvelle lui courait dans les veines. Elle était prête et parlerait en leur nom. Tous attendaient la vérité. Hélène Doiron avait été choisie.

— Oui... oui, je vais parler, cria-t-elle en se retournant, comme pour répondre au village.

Une fraction de seconde la fit hésiter. Les grillons redoublèrent leurs cris stridents et la Doiron recula sur son illusion. La nuit brouillait sa vue et elle dut fermer les yeux pour les rouvrir aussitôt. Les arbres la regardaient, les grillons l'encourageaient, et sa mission lui revenait. Les joues rouges et la tête en feu, elle sentait de nouveau le village derrière elle. La curiosité était trop forte, plus rien ne pouvait l'arrêter. Si près du but, elle allait enfin savoir. Oui, savoir !

— Parle, Anita Leduc ! hurla-t-elle.

— Je crois que vous ne vous sentez pas bien, madame Doiron. Il est un peu tard. Vous devriez rentrer chez vous et essayer de vous calmer. Rentrez chez vous.

Anita avait légèrement haussé le ton en prononçant les derniers mots. Dès qu'elle fit un mouvement pour lui prendre le bras et la conduire vers la porte, la Doiron recula brusquement, comme si on venait de la bruler au fer rouge.

— La pipe... ça sent la pipe à plein nez ! Il y a un homme de caché ici et tu vas me le montrer. Où est-il ? Nazi... sors de là, je t'ai vu. Je sais que tu te caches ici, espèce de communiste !

Ses bras fendaient l'air et ses mots martelaient la porte. Elle était certaine qu'un homme était caché et qu'elle allait bientôt le trouver. Les yeux sortis de la tête, la Doiron tremblait de tous ses membres. À force de s'agrandir, ses yeux semblaient vouloir s'attaquer à la porte close, et tout son corps eut vite fait de suivre. Si personne n'avait osé se rendre jusque-là, elle, Hélène Doiron, le pouvait.

— Je sais qu'il est là. Il se cache, mais je sais qu'il est là. Je l'ai entendu. Sortez ! Vous m'entendez, sortez ! Sinon, je défonce et je vous sors !

À peine avait-elle prononcé ces paroles qu'elle s'attaqua à la porte et, avant même qu'Anita ait pu la rejoindre, elle l'ouvrit d'un geste brusque. Le lit était défait. Personne ! Il n'y avait personne. Hélène s'accroupit pour regarder sous le lit. Pas d'homme, rien qu'un petit peu de poussière ! Il devait bien être quelque part dans cette maudite chambre ! Il ne lui échapperait pas. Elle ouvrit le placard, assez grand pour cacher un homme. C'en était assez! Elle allait trop loin. Anita, ne pouvant plus supporter la folie ravageant sa chambre, se rua sur Hélène. Ce ne fut qu'à force de gifles et à l'issue d'une longue bousculade qu'elle réussit à faire sortir la Doiron de la maison.

La nuit n'était pas encore terminée que le village au complet était au courant des frasques de l'écornifleuse. On l'avait vue passer à toute vitesse, criant à tue-tête qu'elle avait tout découvert. Le lendemain et les jours qui suivirent, les histoires les plus loufoques coururent d'une bouche à l'autre. Il y avait bel et bien un étranger qui vivait là!

D'abord les femmes. Toutes se lançaient dans de longues descriptions de l'étranger, allant jusqu'à répéter à la ronde dans quelles circonstances elles l'avaient rencontré. Il avait le regard de Valentino, le sourire de Grant, la souplesse d'Astaire et la voix sensuelle de Jean Marais. Jusqu'à Rollande Godin qui, affublée d'une bosse au dos depuis sa naissance, affirmait que le bel étranger lui avait fait quelque vague promesse d'une rencontre à la côte. Pour que Rollande Godin confonde rêve et réalité, il fallait que le village entier ait perdu la tête. Même les hommes.

La belle Anita n'étant liée à aucun homme du village, elle les subjuguait tous par sa trop grande indépendance. Une passion inavouée s'était glissée dans le cœur des hommes, si bien que l'on se disputait ses regards, au risque de s'attirer les foudres des épouses. Son célibat attisait déjà bien des désirs, et voilà que ses mœurs en apparence libertines incendiaient le corps des hommes, si bien que la plupart regrettaient de ne pas être l'étranger.

Plus d'une fois, on avait essayé de l'attirer dans un coin, mais la belle Anita n'était pas pour eux. Plus elle résistait, plus leur désir s'accentuait. La nuit venue, les hommes n'avaient plus qu'une idée : s'approcher de leurs femmes afin de créer l'illusion. Tous croyaient faire l'amour à la belle Anita, si bien qu'ils redoublaient d'ardeur et d'imagination. Au matin, les femmes, ne soupçonnant pas les fantasmes des époux, déclaraient que la guerre, génératrice d'énergie, avait été finalement une très bonne chose.

Quant au curé, il devenait de plus en plus sceptique. Jamais ses paroissiens ne s'étaient tant adonnés au devoir conjugal, Dieu en était témoin. D'un côté, c'était une bonne chose, car le curé voyait déjà son église remplie d'enfants de chœur; d'un autre côté, il était tracassé après avoir entendu la confession de Mathilda LeBouthillier. Combien de fois ne lui avait-elle pas dit que le devoir conjugal lui répugnait ! Selon elle, le sexe n'aurait jamais dû exister et Dieu aurait pu inventer un autre procédé pour faire des enfants. Elle en avait déjà dix-sept et les seuls moments de répit avaient été ses grossesses. Maintenant, en pleine confession, elle venait d'avouer au curé que lorsqu'elle couchait avec son mari, c'était avec l'étranger qu'elle faisait l'amour et qu'elle y prenait gout. Le curé, abasourdi, l'avait fait répéter pour être sûr d'avoir bien entendu. Et elle l'avait répété! Mal à l'aise, il lui avait donné un chemin de croix à faire pour sa pénitence, invoquant le péché d'adultère.

— Je peux commencer toutes mes futures pénitences aujourd'hui, monsieur le curé. Adultère ou non, c'est pas ça qui va m'arrêter.

Et elle avait claqué la porte du confessionnal. Le curé s'était senti vieillir d'un coup. Si Mathilda tenait un tel langage, les autres femmes devaient avoir à peu près les mêmes idées. « Il faudrait que j'en parle à l'évêque au plus vite et que je fasse mon sermon sur l'adultère, dimanche prochain. »

Et le temps avait passé.

On a beau dire, et on en avait tellement dit qu'à la sortie du couple la stupéfaction atteignit son paroxysme. Ils étaient là, tous les deux, s'avançant sur la route comme si la vie leur appartenait.

Ils n'en finissaient plus de marcher et les cous, prisonniers des galeries, se tendaient jusqu'à vouloir dépasser les toitures. Anita s'avançait fièrement. Une grande dignité émanait d'elle comme un recueillement. Pas une rougeur ne marquait son visage et aucune expression ne l'animait, sauf peut-être ce joli sourire soulevant à peine ses joues diaphanes. Jamais Anita n'avait paru si belle et si fragile; on aurait dit qu'elle flottait dans une étrange sensualité. Droite, à peine appuyée au bras de l'étranger, elle se laissait guider par lui. Déjà son regard ne voyait plus le village, lointain, il était rendu ailleurs.

Quant à lui, on aurait dit une pièce d'homme taillée à même un arbre tellement il dégageait de force. Ses larges épaules fendaient les restes du jour. On avait vu son visage quelque part, mais où ? Il était beau, trop beau pour que la guerre ne l'ait sacrifié. Celle-ci terminée, il n'avait plus à se cacher. Il regardait droit devant lui et sa fière arrogance semblait défier le monde qu'il foulait du pied.

Toutes les femmes laissèrent tomber leur pudeur pour détailler passionnément l'étranger. Tout ce qu'elles avaient imaginé depuis tant de mois n'était rien à côté de ce qu'elles voyaient aujourd'hui. Une espèce d'angoisse prolongée d'un long frisson les parcourut. À mesure qu'il avançait, son odeur de fauve se répandait sur les galeries. Chacune aurait aimé devenir le monde pour l'accueillir en son sein.

Quant aux hommes, un mélange de curiosité et d'envie les faisait regarder ce mâle. La salive passait mal. C'était donc lui qui recevait les faveurs de la belle Anita. En le regardant de près, tous prenaient conscience de leur lourdeur. Leur étonnement se résuma en un juron à peine murmuré au passage du couple. Subjugués, hypnotisés, hommes et femmes donnaient libre cours à leurs fantasmes débridés.

Au bout du chemin, l'étranger et la femme s'arrêtèrent. Immobiles, l'un contre l'autre, ils semblaient attendre la fin du monde. Ils épousaient parfaitement le déclin du soleil allongé sur la route. Le temps, tout comme le silence, restait suspendu. On vit l'étranger faire quelques pas pour ensuite revenir vers Anita, collée aux derniers sursauts du crépuscule. Une voiture, que personne n'avait entendue, venait de s'arrêter.

Longtemps Anita Leduc s'acharna à regarder la route. Puis, quand la nuit se fut installée en faisant miroiter son clair de lune, elle rentra chez elle comme on fait une lente prière. Personne n'avait bougé sur les galeries. Tous attendaient. Mais cet homme beau comme un mirage ne revint jamais.

Cette même nuit, au village, on savait pertinemment que la réalité ne prendrait pas de gants blancs pour montrer la fragilité du rêve. Les gens eurent beaucoup de mal à trouver le sommeil, prenant conscience qu'une certaine tristesse veillait entre chaque couple.

À nouveau, Anita Leduc reprit la vie de solitaire qu'elle ne devait plus quitter. Ce qui s'était passé dans cette maison, nul ne le sut exactement; on avait tellement supposé et inventé que le lendemain personne n'osa y faire allusion, sauf le curé. Selon lui, la jeune fille avait fait son devoir.

Et la guerre devint un trou de mémoire.

III

Les années passèrent. Pendant près de cinquante ans, mademoiselle Anita s'était tissé mille-et-une petites habitudes. Toute menue, cette femme énergique mesurait à peine un mètre cinquante-deux, et sa taille d'une éternelle jeunesse la rendait encore plus fragile. Ses cheveux noirs que le temps n'arrivait pas à blanchir étaient ramassés en un chignon compliqué. Ses yeux d'un noir très vif gardaient l'éclat d'une source au soleil. Elle organisait son temps avec la précision d'une horloge et rythmait sa vie comme une longue croisière entreprise sous un ciel toujours au beau fixe, faisant régulièrement escale aux mêmes endroits et aux mêmes heures dans la vie du village.

— Passé soixante ans, on a l'habitude de ses habitudes, se plaisait-elle à dire souvent. Ça tient le cœur alerte de répéter les mêmes gestes parce qu'à force de les répéter, on en arrive à les fignoler, ce qui nous rattache au quotidien d'une certaine façon. L'habitude devient une compagne qui vous tient la main et qui, depuis le temps qu'elle est là, devient un autre vous-même. Un couple, quoi !

Anita elle-même faisait partie des habitudes du village. La vie des villageois était pour ainsi dire réglée sur l'heure des balades de cette femme. Ils étaient tellement habitués, beau temps mauvais temps à voir mademoiselle Anita marcher sur la plage et se rendre tous les jours à l'église et, de là, à l'épicerie, que s'ils ne la voyaient pas, un matin, ils s'empressaient de téléphoner à l'un de ses amis pour savoir si elle était malade. Seule une très vilaine grippe, qu'elle attribuait à un virus contracté en voyage, pouvait l'empêcher de vaquer à ses occupations quotidiennes.

Vers dix heures, mademoiselle Anita traversait la moitié du village avant d'entrer dans l'église. Elle n'était pas une de ces bigotes qui prient à longueur de journée pour gagner leur ciel ou demander une faveur; elle ne priait jamais, malgré les apparences. Pour mademoiselle Anita, le paradis, c'était sur terre que ça se passait, et le Ciel n'avait rien à voir avec le bonheur, d'autant plus qu'Il ne devait pas savoir que faire de toutes les prières qu'on lui adressait.

L'église lui était devenue une douce habitude journalière; elle pouvait y rêver à son aise. On déverrouillait la porte quelques minutes avant son arrivée, pour la verrouiller aussitôt qu'elle quittait le lieu saint. Après s'être signée, elle s'agenouillait au milieu du temple, toujours à la même place. Elle fermait les yeux quelques instants, goutait la paix tout autour et se relevait au plus vite.

Seule, mademoiselle Anita marchait ensuite jusqu'à la balustrade, jetait au passage un coup d'œil dédaigneux sur les fleurs séchées et se retournait pour faire face aux grandes orgues. Dans sa tête jouait certainement une musique, car il lui arrivait de marquer le rythme en exécutant un léger balancement du corps. De l'enlacement des mains jointes s'échappait un index, comme pour diriger un grand air.

Moment magique. Elle fermait de nouveau les yeux une trentaine de secondes, et quand elle les rouvrait, elle voyait Bach jouer pour elle. Cette musique la rassurait et, dès que ses yeux rencontraient ceux du musicien, elle le saluait d'un petit signe de tête. Oh, discrètement; il ne fallait quand même pas le déconcentrer. Les matins où elle se sentait particulièrement en forme, elle lui demandait de jouer ses concertos brandebourgeois et Bach, malgré son air bourru, s'exécutait allègrement.

Mademoiselle Anita se laissait transporter par la musique. Quelquefois, lorsqu'elle se présentait à l'église avec un léger mal de tête, elle soupçonnait Bach d'avoir fait des excès la veille et trouvait qu'il jouait moins bien; elle le sermonnait alors et lui faisait des reproches, mais c'était plutôt rare. Elle aimait tellement Bach qu'elle l'avait même invité à prendre un verre de vin de Moselle dans sa maison. Bach, touché, avait promis qu'il viendrait, mais il était tellement occupé qu'il avait remis sa visite à plus tard.

Venait enfin le moment privilégié où elle contemplait les vitraux que le soleil du matin faisait bouger. De magnifiques dessins naissaient pour son plaisir. Les couleurs étaient divines; elles couraient d'un vitrail à l'autre et venaient tourner autour de mademoiselle Anita, à la manière de feux de Bengale. La fête de la couleur éclatait dans son cœur et se répandait dans toute l'église. Depuis le temps qu'elle y venait, elle avait regardé les vitraux sous tous les angles possibles. La meilleure place pour profiter des effets de la lumière du soleil se trouvait entre sainte Anne et saint Joseph, juste en face du trône de saint Paul. Ailleurs, l'effet était raté. Il ne servait à rien de se placer devant les chérubins, les vitraux perdaient de l'éclat. Parce que mademoiselle Anita avait essayé tous les endroits, elle savait dès lors où rêver.

Certains jours, surtout ceux de grand soleil, elle aurait aimé s'attarder plus longtemps devant le spectacle improvisé, mais le vieux Charles, descendant d'une lignée de bedeaux, pouvait entrer d'un moment à l'autre et venir briser de son pas fatigué l'extase dans laquelle baignait mademoiselle Anita. Autrefois, Charles passait de longues heures à s'occuper du cimetière, qu'il nommait son album de famille. Il astiquait chaque pierre tombale, des plus pauvres aux plus riches, coupait le gazon tous les deux jours et cultivait des fleurs de toutes les couleurs. Les paroissiens trouvaient le cimetière digne d'un jardin botanique et payaient Charles grassement pour qu'il continue son travail. Vraiment, le cimetière était magnifique et, au fil des ans, il était devenu un attrait touristique. Charles était tellement fier de son œuvre qu'il en était venu à délaisser complètement l'église. Mais le curé s'était fâché lorsque madame Léger s'était plainte d'avoir déchiré un bas de soie sur un agenouilloir. Depuis, Charles passait la majeure partie de son temps dans l'église à faire le ménage, ce qui n'était pas sans déranger mademoiselle Anita.

Il pénétrait dans l'église, s'adossait contre le mur et la regardait. Comme il l'aimait, cette petite femme toute menue. Il aurait bien voulu l'épouser, mais une certaine timidité l'empêchait de formuler une demande en bonne et due forme. Et puis, dans l'église... ce serait peut-être un péché. Est-ce que Dieu considèrerait comme un sacrilège le fait d'y faire une déclaration d'amour à une femme? Pourtant, les intentions de Charles étaient pures, donc louables : il voulait épouser Anita. Le Bon Dieu pourrait surement le comprendre et, du même coup, lui donner sa bénédiction. Il faudrait bien qu'il se décide un jour à en toucher un mot au curé ; celui-ci pourrait peut-être le conseiller. Mais le curé avait peu de temps à consacrer à son bedeau. En attendant, Charles se morfondait d'amour dans le fond de l'église, à chercher les mots qui toucheraient le cœur d'Anita. Mais voilà, comme il ne trouvait pas encore la formule magique, il se contentait de lui tenir à peu près le même discours chaque fois que ses pulsions devenaient trop fortes. Alors, il s'avançait vers elle.

Il lui racontait d'abord à quel point ses rhuma-tismes le faisaient souffrir. Un jour, mademoiselle Anita saisirait peut-être le message ; elle commencerait par le prendre en pitié, s'y intéresserait, et la pitié se transformerait en amour.

— C'est pas drôle, lui murmurait Charles. Non, c'est pas drôle, parce qu'une église humide ça arrange pas les rhumatismes. Quand je passais mes journées au grand air, à travailler dans le cimetière, ça m'aidait. Mais ici, dans l'humidité, c'est rien de bon. C'est pire qu'avant. Même que les rhumatismes, ça fait encore plus mal quand une personne est toute seule. On dirait qu'à deux, les os se réchauffent plus vite et les rhumatismes prennent moins. Dans le temps où mon Alberte vivait, j'avais pas ces problèmes-là. Je me dis souvent qu'il faudrait que je me remarie. Ouais... que je me remarie. Mon plus vieux, Octave, me le dit souvent, lui aussi. Je devrais commencer à y penser sérieusement. Ça passe vite. Ça fait déjà huit ans que je suis veuf. Ouais... huit ans.

Puis, l'œil en coin, Charles regardait mademoiselle Anita pour juger de l'effet. Aucun! Elle ne semblait jamais l'entendre. Pourtant, Anita ne l'entendait que trop. Elle qui venait de vibrer à la grande musique n'appréciait guère les doléances du bedeau. Pauvre Charles! Ses chers rhumatismes, il pouvait bien se les chauffer à un autre soleil. Il en était arrivé à croire que l'église le tuait à petit feu. Il aurait bien aimé prendre sa retraite, mais sans lui l'église aurait péri lentement. Après ses longues jérémiades, il finissait toujours par conclure d'une voix mielleuse :

— Ouais... depuis le temps que je travaille pour le Bon Dieu, la femme qui va vouloir m'épouser est assurée d'un passeport direct pour le Ciel!

Autre regard en coin vers mademoiselle Anita pour juger de l'effet. Toujours rien! Qu'avait-elle à faire d'un passeport direct pour le Ciel alors que le paradis était tout autour? Mademoiselle Anita, fatiguée de l'entendre, jetait un coup d'œil désespéré en direction de Bach pour le prendre à témoin. Celui-ci, un peu moqueur, jouait un peu plus fort et sautait quelques notes. Alors là, elle ne le trouvait plus drôle du tout et commençait à froncer les sourcils. Aussitôt, le musicien se dépêchait de disparaitre pour ne pas s'attirer les foudres de sa bonne amie. Le charme était rompu et elle se tournait lentement vers le bedeau.

— Je n'ai pas de rhumatismes et je n'en aurai jamais. Je n'ai pas l'âme d'une infirmière, et ça non plus, je ne l'aurai jamais. J'ai déjà mon passeport, je n'en ai pas besoin d'un autre.

Déconcerté, Charles lui tournait vivement le dos et courait vers le fond de l'église jusqu'à ce que ses rhumatismes le rejoignent et lui fassent ralentir sa course. Mademoiselle Anita reprenait ses sens, mais elle ne restait jamais longtemps au pays des vitraux lorsque Charles s'introduisait dans son cérémonial.

Sa visite de l'église terminée, elle sortait de son sac à main un filet à provisions puis se rendait chez l'épicière. D'un pas très alerte, elle avait l'air de sautiller plutôt que de marcher, sauf lorsqu'elle revenait de voyage. Son pas se faisait alors lourd et elle marchait un peu courbée, comme sous le poids d'une grosse malle à déplacer. À son allure, tout le monde pouvait s'apercevoir qu'elle rentrait de voyage, car mademoiselle Anita était à ce moment-là plus distraite. Elle saluait tout le monde. Elle s'attardait aux fleurs des parterres sans les toucher, comme si ce simple geste l'aurait ramenée trop vite à la réalité. Elle s'informait des gens sans poser les bonnes questions et répondait à moitié, confuse. Ses yeux prenaient alors le reflet d'un ciel délavé après la pluie; ni trop clairs, ni trop sombres, ils avaient l'air absents. À son arrivée à l'épicerie, tout le monde lui tenait à peu près le même langage.

— Bonjour mademoiselle Anita. Vous avez les yeux cernés, aujourd'hui. C'est le décalage d'heures? Ça fait bien longtemps qu'on vous a pas vue. Vous devez avoir fait un beau voyage. Chanceuse, va!

— Eh oui, le décalage d'heures! répondait-elle. On ne s'y habitue jamais, vous savez. Mais enfin, pour visiter le monde, il faut bien souffrir un peu, non?

Et mademoiselle Anita souriait, heureuse de se savoir à l'épicerie. C'est à ce moment-là que la magie s'installait. Les gens regroupés autour d'elle attendaient, en silence, les premiers mots. Sans se faire prier, elle leur racontait son voyage à l'étranger. Elle parlait, parlait et les gens, subjugués, avaient l'impression de voyager avec elle. De détail en détail, elle décrivait la vie des gens là-bas. Tous étaient envoûtés par cette femme. À la fin du récit, elle baissait les yeux et secouait les épaules pour se sortir du rêve. Elle prenait alors un article quelconque qu'elle glissait dans son filet avant de quitter l'épicerie.

On la regardait avec tendresse, heureux de constater à quel point l'univers marchait au rythme de cette voyageuse céleste. Qui avait pour la première fois initié ce rituel? Cette femme voyageait pour tout le monde, et c'est ce qui comptait aux yeux du village. Comme on l'aimait, mademoiselle Anita!

IV

Mademoiselle Anita. Elle insistait pour qu'on l'appelle « mademoiselle » et non « madame ». Telle une personne attachée à un animal depuis de longues années, elle chérissait son statut social. Quand un étranger l'appelait « madame » par respect pour son âge, elle s'empressait de le corriger :

— Pardon, je suis encore mademoiselle, vous savez !

Cette remarque à peine prononcée prenait des teintes de dignité grâce au « mademoiselle ». Elle s'enveloppait d'une indépendance qu'elle n'aurait échangée pour rien au monde.

Elle n'acceptait pas non plus qu'on la qualifie de vieille fille, comme elle n'acceptait pas que l'on utilise cette expression pour quelqu'un d'autre. Il fallait toujours inverser les mots, car la nuance était d'une importance capitale. Si par inadvertance quelqu'un laissait échapper cette expression pour le moins naturelle, mademoiselle Anita le toisait par-dessus ses lunettes, avant de lui expédier cette remarque :

— Sachez qu'il n'y a pas de vieilles filles, mais que des filles vieilles. Il y a des gens d'un certain âge, ceux auxquels il est difficile d'accrocher un chiffre, et les autres, d'un âge certain. Tenez ! Je ne vous cache pas le mien. Soixante-dix ans cette année. Je suis donc une fille avec un vieux cœur. Parce qu'encore là, il ne faut pas me dire qu'à mon âge on est jeune de cœur ! Allons donc... Quand ça fait près de soixante-dix ans que ça bat, un cœur, pour la vie ou encore pour des riens, ça s'use. On a beau l'entretenir, il s'use quand même. Et pour l'amour... eh bien, ma foi, c'est autre chose !

Après avoir prononcé le mot « amour », son visage devenait rose et ses mains plusieurs fois se croisaient et se décroisaient au rythme des battements de son cœur. Chère mademoiselle Anita ! Michel devait surement traverser son esprit en même temps que le mot.

Ses remarques, toujours dites d'une voix condescendante, avaient le don de vous faire regretter à jamais d'avoir traité quelqu'un de vieille fille. En général, rien ne semblait déranger mademoiselle Anita, sauf cette expression. Jamais elle n'avait accepté le sens péjoratif attaché à cette image ni l'esprit de moquerie qu'elle suscitait. Pour le reste, elle était très tolérante et laissait dire aux gens ce qui leur plaisait.

— Pour moi, dit Lucie, le problème est simple. Toute la question des vieilles filles n'existerait pas si toutes les femmes s'appelaient « madame ». Je sais, je sais, mademoiselle Anita, que vous n'êtes pas d'accord et que vous tenez à votre titre comme à la prunelle de vos yeux. Il n'en demeure pas moins que le problème serait réglé une bonne fois pour toutes s'il n'y avait qu'une dénomination. Dans la tête des gens, une vieille fille, c'est quoi? Une laissée-pour-compte ou encore un bijou non réclamé. Franchement! Des qualificatifs semblables, j'en connais des tonnes, ma chère Anita, sans parler de toutes les blagues tendancieuses que l'on entend. Des tonnes, ma chère, et je pourrais vous en nommer, tenez, comme ça!

Lucie montra ses dix doigts et fendit l'air comme un éclair en plein orage. Elle gesticulait, tournait autour de sa chaise en tenant fermement le dossier pour ne pas perdre le fil de ses pensées. Lucie s'enflammait, et il devenait très difficile de l'arrêter. Son mari et ses enfants en savaient quelque chose et préféraient le silence ou la fuite aux affres de son discours féministe. Quant à mademoiselle Anita, elle ne manquait pas l'occasion de la maintenir sur sa lancée en l'alimentant de ses remarques.

— Mais enfin, Lucie, les hommes ont le même problème; ce n'est pas parce que tu es une femme...

— Comment ça, le même problème? coupa Lucie d'un ton plus sec.

— Ce que je veux dire, continua mademoiselle Anita...

Elle essaya de trouver un exemple qui ne manquerait pas de faire réagir Lucie.

— Ce que je veux dire, finalement, c'est que les hommes aussi se font traiter de vieux garçons et, jusqu'à preuve du contraire, ils n'en font pas un drame, eux.

— Un instant, vous là, trancha Lucie, ce n'est pas la même chose. Il ne faut quand même pas se leurrer. Une femme de trente ans qui n'est pas mariée se fait déjà traiter de vieille fille, tandis qu'un célibataire ne sera jamais traité de vieux garçon avant la cinquantaine avancée, et même encore. Voyons donc! Avant cet âge, on lui fiche la paix. On se dit que s'il n'est pas encore marié, c'est qu'il fait sa vie de jeunesse avant de se caser. La belle histoire! Lui, on ne l'affublera pas de tous les noms comme on a tendance à le faire pour les femmes.

Lucie, maintenant assise sur le bout de sa chaise, gesticulait comme si le fait de battre l'air de ses mains faisait mieux comprendre son point de vue.

— Anita, vous conviendrez que le terme «mademoiselle» est une intrusion subtile dans la vie privée d'une femme.

Mademoiselle Anita voulut dire quelque chose, mais Lucie ne se laissa pas interrompre.

— Écoutez, lorsqu'un homme vous demande : «madame ou mademoiselle?», en termes clairs, ça veut dire «mariée ou libre?» En termes encore plus clairs, ça signifie tout simplement : «Est-ce que tu couches officiellement avec un type ou avec tout le monde?» Pour les hommes, si vous n'êtes pas «officiellement madame», vous êtes à tout le monde au même titre qu'un terrain vacant. Mais eux, comment les nomme-t-on? «Garçon» ou «monsieur»? À vingt ans ou à quarante ans, ils sont «monsieur».

Mademoiselle Anita adorait les discussions avec Lucie. Elle aimait par-dessus tout ses grandes impulsions qui la faisaient s'envoler jusqu'à l'éclatement. Lucie n'avait pas toujours tenu le même discours; il lui avait fallu certaines lectures pour acquérir une conscience sociale et un amant qui, en la quittant, lui avait refroidi la tête. Au cours d'une discussion, elle s'emportait facilement, surtout si on ne partageait pas ses idées. Quelques observations placées en milieu de phrase, et Lucie se retrouvait en orbite.

— Enfin, Lucie, c'était peut-être comme ça avant; et attention, je dis bien peut-être. Aujourd'hui, ce n'est plus du tout pareil. Une femme célibataire est aussi considérée qu'une femme mariée. On parle maintenant de carrière...

— Ah non! Il ne faut quand même pas charrier, Anita.

Lucie avait du mal à se contenir.

— Ce n'est pas parce que le village est devenu une ville que la mentalité a nécessairement changé. Vous devriez entendre ce que disent les gens. La célibataire, que ce soit ici ou ailleurs, demeure toujours sexuellement suspecte à leurs yeux. Je l'ai toujours dit et je le maintiens : une célibataire, quand elle ne passe pas pour une frustrée ou une putain, passe pour une lesbienne. Comme si le mariage était le seul choix possible dans la vie.

— Lucie, tu exagères. Tiens, prends l'exemple d'Andrée Doucet. C'est une journaliste de carrière et elle n'est pas mariée. Tu admettras qu'elle semble très épanouie, et personne ne la traite de frustrée.

En tenant ces propos, Anita fut prise d'un fou rire mal contenu. Ses épaules étaient agitées de petits soubresauts qu'elle avait du mal à maitriser. Elle savait bien que Lucie y mordrait à pleines dents.

— Andrée Doucet! Franchement, mademoiselle Anita! Voulez-vous me faire enrager? Ou vous êtes naïve, ou vous vous moquez carrément de moi. Andrée est peut-être une excellente journaliste, mais elle passe quand même pour une putain. Comment croyez-vous qu'elle l'a obtenu, son poste à Radio-Canada? Ce n'est pas moi qui le dis. Il faut entendre les femmes. «Elle change d'homme comme elle change de chemise.» Vraiment, ça prend bien une femme pour dire ça d'une autre femme. Est-ce qu'on dit la même chose de Paul Rioux? Bien sûr que non! Ce cher Paul drague une nouvelle fille chaque semaine et passe pour un bourreau des cœurs. Pas pour une putain.

Les yeux un peu égarés, Lucie avait perdu sa fougue et semblait accablée. En prononçant le nom de Paul, une blessure lui était montée droit au cœur. Et certaines images gravées dans sa mémoire l'avaient clouée sur sa chaise.

— La vie n'est pas juste pour nous, les femmes, murmura Lucie avant de se lever.

Mademoiselle Anita se contenta de serrer les mains de Lucie, sans dire un mot. Elle savait que Lucie aurait aimé tout effacer. Malgré ce désir, le souvenir restait accroché comme un cancer incurable.

La tasse de café était refroidie depuis longtemps. Lucie, comme un oiseau blessé, regardait le gazon. Elle forçait ses pensées à s'attarder sur un détail aussi anodin que l'herbe à couper. Il lui fallait absolument tromper ses souvenirs ou, encore mieux, les écarter à tout jamais. D'un mouvement brusque des épaules, elle secoua la tête et sortit sur la galerie. Le soleil lui caressa la joue.

— Geneviève n'a pas passé la tondeuse. Il faudrait que je lui en glisse un mot avant le diner.

Mademoiselle Anita sentait bien la tension chez son amie. Que pouvait-elle lui dire pour la rassurer ? Son aventure avec Paul était terminée depuis près de huit mois et son mariage semblait avoir repris son rythme de croisière. Si les quatre premiers mois lui avaient paru intolérables, elle avait maintenant l'air de s'en sortir.

Mais aujourd'hui, elle paraissait troublée. Elle n'était pas allée travailler et elle s'était présentée chez son amie sans s'annoncer. Il devait certainement s'être produit un incident que mademoiselle Anita ignorait. Mais la « fille vieille » n'était pas du genre à faire des suppositions, encore moins à poser des questions. Un jour ou l'autre, Lucie lui ferait part de ses préoccupations ; il s'agissait de ne pas la brusquer et de lui laisser du temps. Lucie avait toujours eu besoin de parler d'elle et de ce qu'elle ressentait. Son aventure extraconjugale avec Paul en était la preuve ; après l'avoir tenue cachée pendant quelques mois, elle avait partagé son secret avec Anita et les filles.

— Mon Dieu, Anita. Dire que j'aurai quarante-six ans dans deux mois. Rien qu'à y penser, ça me donne le cafard. Je commence à avoir des chaleurs qui me causent des insomnies. Cette nuit encore, je n'ai pas dormi. J'ai peine à croire que ce sont déjà les symptômes de la ménopause. La ménopause à mon âge, c'est écoeurant. Quarante-six ans. Ça aussi, c'est injuste. On ajoute un an au calendrier et on en soustrait un à la vie. C'est complètement idiot de vieillir. Les chairs deviennent molles, les seins tombent et les rides s'accrochent comme des teignes. Je me suis regardée ce matin dans le miroir. Je comprends pourquoi Paul m'a laissée pour une petite jeune. C'est la même chose pour Maurice. Je ne dis pas que mon mari regarde les petites jeunes. Ce que je veux dire, c'est que plus il prend de l'âge, plus il devient séduisant. J'ai l'impression que son agence de voyages et ses nombreuses activités le rajeunissent, tandis que moi, même si j'aime mon travail, plus je vieillis, plus je perds mes attraits. C'est vraiment injuste pour nous, les femmes.

— Voyons donc, Lucie, tu dis n'importe quoi.

— Non, mademoiselle Anita, ce n'est pas n'importe quoi. Je sais de quoi je parle. À mon âge, c'en est fini du désir. Les hommes aux tempes grises et aux rides attirent et ont du charme, tandis que nous, ça nous écarte de la course. C'est beau la vieillesse ! Ça nous fait une belle jambe, je vous assure.

— Alors là, ma Lucie, je suis mieux placée que toi pour en parler, de cette vieillesse que tu redoutes tant. Il y a quand même presque un quart de siècle qui nous sépare, et je te jure que ça ne me donne pas le cafard de porter la différence. Bien sûr, il y a des jours où j'aimerais revenir en arrière, me retrouver à l'âge de Madeleine et Geneviève. Et même à ton âge, tiens. Mais oui, pourquoi pas! Mais qu'est-ce que ça me donnerait? De meilleurs yeux pour lire des soirées entières? D'accord! Un peu moins froid aux os? Certainement! Un peu plus de souffle pour marcher des kilomètres sur la plage? Oui! Un peu plus d'audace pour faire l'amour à droite et à gauche? Je ne sais pas! Et puis, le désir, comme tu dis, ça ne meurt pas. Non, non, attends...

Lucie voulait dire quelque chose, mais mademoiselle Anita, à son tour, était lancée.

— Oui, Lucie, le désir se modifie au fil des ans, et c'est tant mieux. La nature fait drôlement bien les choses. L'amour, ma Lucie, n'a jamais été une question d'âge. Les jeunes pensent qu'il n'y en a que pour eux et qu'à cinquante, soixante ou soixante-dix ans, c'est terminé ou bien ridicule. Allons donc! je ne me suis jamais sentie ridicule de dormir de temps à autre dans les bras de Michel, et ce n'est pas aujourd'hui que je vais commencer à le penser. Ne te fatigue pas, j'en ai encore, des désirs, et lui aussi.

Mademoiselle Anita dégageait à travers sa sérénité un petit air de douce moquerie. Quand elle parlait d'amour, ses petits yeux noirs pétillaient et donnaient envie de rire. En la regardant, Lucie avait le gout de la prendre dans ses bras et de l'emmener vivre chez elle afin que cette femme lui garde le moral au beau fixe. Mais rien ni personne n'aurait sorti mademoiselle Anita de sa maison. Indéracinable.

Au fil des ans, la maison d'Anita Leduc avait subi de nombreuses modifications. Malgré les nombreux travaux, elle avait gardé son cachet d'antan. Bien

entourée d'arbres, devant comme derrière, elle se
soustrayait aux regards, protégeant ainsi son intimité.
Son potager était moins grand qu'auparavant, ayant
été remplacé en partie par de nombreuses fleurs
dont elle égayait sa maison. Elle entretenait elle-
même potager et terrain, à l'exception de la pelouse.
Habituellement, Geneviève, sa plus proche voisine,
s'en occupait.

— Anita, dit Lucie, il fait tellement beau aujour-
d'hui. Nous devrions marcher jusqu'au chalet, ça
nous ouvrirait l'appétit.

Maurice et Lucie avaient acheté un terrain de
mademoiselle Anita, à côté de chez elle. Sur le bord
de la mer, à environ cinq-cents mètres de la rue,
ils s'étaient construit un chalet qu'ils habitaient de
juin à septembre. Depuis que les garçons étaient
à l'université, ils se retrouvaient presque toujours
seuls. Pierre et Rémi étudiaient la médecine à
Montréal ; aussi leurs séjours se faisaient-ils de plus
en plus rares. Ni l'un ni l'autre n'avaient l'intention
de venir pratiquer la médecine dans le coin, et Lucie
acceptait mal leur décision.

Mademoiselle Anita mit un chandail pour se
rendre à la côte. Le soleil de juin était très chaud,
mais la fille vieille ne voulait pas prendre froid sur
la grève. Lucie glissa son bras sous le sien et elles
partirent sur le chemin de terre battue. Assez large
pour une voiture, le chemin traçait une longue
courbe à l'intérieur du bois. Tout était calme et les
deux femmes marchaient lentement.

— Je crois bien que je vais me mettre à l'étude

des oiseaux, dit Lucie en s'arrêtant pour écouter. Il y en a plein ici et je ne connais même pas leurs noms. Maurice pense acheter des enregistrements de chants d'oiseaux. Des fois, je me dis qu'ils chantent tous pareil.

— Moi non plus, je ne m'y connais pas, lui répondit mademoiselle Anita. Michel a l'œil et l'oreille, lui. Les petits oiseaux jaunes qui viennent jouer dans mes mélèzes le soir, ce sont, parait-il, des parulines. C'est gentil comme nom. Il n'y a qu'une espèce que je sais reconnaitre, ce sont les fichues corneilles. Il y en a tellement !

— Il faudrait bien nettoyer le sous-bois, cette année. On y a travaillé pas mal l'an dernier et regardez, il y a déjà plein d'érables qui poussent. Si on pouvait enlever les aulnes, ça ferait aussi du bien.

Mademoiselle Anita s'arrêtait souvent pour respirer profondément. Elle prenait son temps avant d'arriver à la côte, goutant chaque instant. Déjà, elle voyait la mer, et ses narines frémissaient à l'air salin. Caressant un arbre au passage, elle tira une branche vers elle pour en sentir les feuilles.

— Il n'y a pas de doute, dit-elle, les pluies acides font des ravages jusqu'ici. Quel dommage, tout ça...

— Il n'y a pas que les pluies acides. Regardez ce que fait la tordeuse des bourgeons de l'épinette. J'ai l'impression qu'il ne restera rien des forêts dans quelques années.

Le chalet était fermé à clé, et les deux femmes durent rester dehors. Le terrain attendait d'être nettoyé et le patio, repeint. Mademoiselle Anita, les mains dans les poches de son chandail, regardait la baie frissonner sous un léger vent en clignant des yeux face au soleil. Lentement, elle fit le tour du chalet.

— Vous l'ouvrez quand, le chalet ?

— La femme de ménage doit venir lundi. Elle devrait prendre au moins trois jours pour tout nettoyer. Nous avons l'intention de déménager la fin de semaine prochaine. J'ai bien hâte de m'installer. Il est fort probable que Maurice fera isoler le chalet à l'automne. Nous pourrons y venir toute l'année. Depuis le temps qu'on en parle... Ça fait maintenant six ou sept ans que Madeleine et Geneviève habitent à côté, et elles n'ont jamais eu de difficulté à sortir, l'hiver. De toute façon, on n'a plus les hivers qu'on avait, alors... Tiens, Madeleine n'est pas encore revenue. J'espère que son frère va mieux...

Mademoiselle Anita n'entendit pas les dernières paroles de Lucie. Elle descendit le grand escalier de bois menant à la grève. L'eau transparente laissait voir les milliers de petites roches qui n'attendaient que la marée basse pour s'offrir au soleil. Le vent, par respect pour mademoiselle Anita, semblait se coucher à ses pieds. La mer était devenue tellement calme qu'elle invitait à plonger mains et pieds.

— Il parait qu'il y a des palourdes, ici, dit Lucie. Mariette en a pêché un seau la semaine dernière.

Mademoiselle Anita, insensible à la réflexion de Lucie, ne bougeait pas. Elle regardait la mer et respirait son odeur. Un léger frémissement lui fit fermer les yeux. À la regarder, immobile devant la mer, Lucie savait que la fille vieille commençait à se préparer pour un voyage. Ce n'était plus qu'une question de temps.

— Allo ! cria une voix perchée un peu plus haut.

Lucie se retourna vivement tandis que mademoiselle Anita prit un peu plus de temps à sortir de sa léthargie. Geneviève était là, superbe dans sa longue chemise et son pantalon pleins de taches. Aussitôt, les femmes montèrent la rejoindre.

— Attention de vous tacher, j'ai de la peinture fraiche sur moi, dit Geneviève en leur faisant la bise.

— Et sur le bout du nez, ajouta mademoiselle Anita en passant son doigt sur son nez.

— Ça se peut, je n'ai pas cessé de me moucher de l'avant-midi. Il y a des jours comme ça.

Geneviève paraissait très excitée. Elle essuyait ses larges mains sur sa chemise et son pantalon. Ses longs cheveux noirs, retenus par un ruban, sautaient d'une épaule à l'autre. Elle trépignait comme une enfant à la veille de Noël.

— Sensas... Super... Formidable... Nommez-en, des superlatifs ! C'est complètement fou, je suis heureuse et j'ai le gout de le crier partout. J'ai fini ! Je peux vous dire que je n'ai jamais si bien réussi de toute ma vie. J'ai hâte que vous voyiez ça. Je viens tout juste de terminer le dernier tableau. Vous dire à quel point je suis contente, ça ne se peut pas. J'ai l'impression d'avoir travaillé comme une dingue toute la semaine. J'ai vraiment hâte de vous les montrer. C'est tout simplement génial.

Geneviève éclata de rire.

— Allons-y, coupa Lucie, curieuse de voir les tableaux.

— Non, ma chérie ! Pas aujourd'hui. Après-demain seulement. Je vous ai dit que je vous invitais tous à souper, la semaine dernière, et que vous seriez les premiers à voir ma prochaine exposition. Ouf ! J'ai dû travailler presque jour et nuit pour terminer à la date prévue, mais le résultat en vaut la peine. Vous venez toujours samedi soir, mademoiselle Anita ? Et vous autres aussi, n'est-ce pas ?

— Mais oui, mais oui, et Maurice aussi sera là. Mais Geneviève, ce n'est pas juste. Tu attises notre curiosité, puis tu refuses de nous les montrer. C'est inhumain. Allez, juste un petit coup d'œil. On n'en parlera pas aux autres.

— J'ai dit pas question ! Madeleine doit rentrer en fin d'après-midi, et c'est elle qui les verra la première. C'est bien légitime, non ?

— Madeleine arrive aujourd'hui ? Il me semble que ça fait longtemps qu'elle est partie. As-tu eu des nouvelles ?

— Bien sûr. Maintenant que son frère est hors de danger, elle a décidé de rentrer.

— Est-ce qu'il pourra marcher à nouveau ?

— Oui, mais selon les médecins, ça peut prendre plusieurs mois. Il est sorti du coma et se remet lentement. Sa mère va rester une autre semaine pour aider Élise. Pour le moment, tout est sous contrôle et la fête aura lieu samedi, comme prévu.

— Je pourrais peut-être vous aider à préparer quelque chose, continua Lucie. Je n'ai rien à faire, et puis tu sembles tellement fatiguée. Ne te gêne surtout pas, tu n'as qu'à me le dire.

— Non, merci beaucoup. Je ne suis pas fatiguée du tout. C'est vrai que j'ai beaucoup travaillé et qu'une semaine intensive passée au milieu des tubes de peinture n'aide pas, mais ça ira mieux demain. Et disons que Madeleine me manque énormément. J'ai hâte qu'elle revienne. D'ailleurs, elle doit rapporter certaines surprises. Nous aurons deux jours pour tout préparer. Je vous attends donc vers dix-huit heures, samedi. Vous serez là, vous aussi, mademoiselle Anita ?

— Est-ce que j'ai une tête à manquer une fête ? glissa la fille vieille qui était demeurée silencieuse jusque-là.

— À manquer une fête, non. Mais une tête à partir en voyage, oui, répliqua Geneviève en déposant un baiser sur sa joue. Vous m'avez l'air un peu trop « partie » à mon gout. Si jamais vous partez, j'espère que vous serez revenue pour samedi. Vous regretteriez toute votre vie d'avoir manqué un si bon repas.

Mademoiselle Anita éclata d'un grand rire avant de répondre.

— Je suis bien trop curieuse pour manquer la première de ton exposition. Et puis tu sais, mon petit, je vous aime bien, Madeleine et toi. C'est tellement agréable de faire la fête chez vous. Michel et moi ne manquerions pas ça pour tout l'or du monde. Bon, assez parlé. Il faut que je me sauve. J'ai encore tellement de choses à faire.

Sur ce, mademoiselle Anita tourna les talons pour retourner chez elle, suivie par Lucie.

— J'ai besoin de faire un peu d'exercice, mademoiselle Anita. J'irai tondre votre pelouse tout à l'heure, lui cria Geneviève en les regardant s'éloigner.

Mademoiselle Anita n'entendit rien. Son pas un peu plus rapide la menait déjà ailleurs. Lorsqu'elles arrivèrent à la maison, Lucie ne rentra pas. Elle monta dans sa voiture, sachant fort bien que mademoiselle Anita ne l'entendait plus et ne la voyait encore moins.

V

— Allo, est-ce que je pourrais parler à monsieur Landry, s'il vous plait? Dites-lui que c'est de la part de mademoiselle Anita Leduc. Oui, oui, merci Diane. Bonjour, monsieur Landry. Très bien et vous? Ah bon... Oui, je voudrais partir pour Paris. Pourriez-vous me réserver une place? Oui, pour ce soir. Non, je ne sais pas... Non, non, j'aimerais mieux cette fois me retrouver dans le VIe arrondissement, s'il n'y a pas d'inconvénient, bien sûr. Vous me rappelez dans quelques minutes pour me confirmer? Non, n'ayez crainte, je ne bouge pas. J'attends votre appel. Vous êtes très gentil... Merci, oui c'est ça, merci. À bientôt, monsieur Landry.

Après avoir déposé le récepteur, la fille vieille respira un grand coup. Puis, les deux mains dans les poches de son chandail, elle se mit à marcher dans la grande pièce. Les yeux fixés au sol, ne les relevant qu'au détour d'une chaise ou d'un fauteuil, elle continuait sa marche. De temps à autre, elle saisissait un objet au hasard, le caressait machinalement et le remettait à sa place. Enfin, pour tromper son attente, elle prit le journal et y jeta un coup d'œil.

Assise dans sa berceuse, titres et images défilaient devant ses yeux. Mademoiselle Anita était incapable de s'accrocher à un évènement, aussi grandiose soit-il. Son impatience ne la quittait pas. Le balancement des jambes devenait plus rapide et nerveux. Ce va-et-vient rappelait celui d'un petit oiseau qui fait quelques pas rapides avant de prendre son envol.

Pourquoi le directeur de l'agence de voyages *Plein Soleil* ne la rappelait-il pas? Le téléphone s'obstinait à recréer le silence. Il fallait absolument que monsieur Landry lui confirme sa réservation. Et s'il ne restait plus de place? Non, même si mademoiselle Anita réservait à la dernière minute, on pouvait toujours lui trouver un siège dans l'avion, peu importe la destination ou la saison. Attendre... Elle aimait ce moment de folle attente dans lequel elle imaginait des scénarios tous plus loufoques les uns que les autres. La fébrilité s'installait en elle et la nourrissait d'une grande émotion. Attendre...

Au début, lorsque Maurice Landry était absent, la secrétaire insistait auprès de mademoiselle Anita pour que madame Godin ou monsieur Légère s'occupe d'elle. Impossible, la fille vieille ne voulait traiter qu'avec le directeur. Elle se serait privée d'un voyage plutôt que de faire affaire avec un autre agent. Tous auraient bien aimé, ne serait-ce qu'une fois, connaitre la sensation de régler les détails d'un voyage avec cette femme. Ils avaient pourtant bien essayé. À quelques reprises, madame Godin lui avait fait parvenir des dépliants sur des croisières de rêve dans les endroits les plus exotiques. Mademoiselle Anita avait pris soin de lire toute l'information avant de la balayer du revers de la main. Puis, comme elle était polie, elle avait renvoyé les dépliants en écrivant simplement « merci », suivi de son nom. Cette femme était d'une fidélité à toute épreuve envers Maurice Landry.

Dès que mademoiselle Anita téléphonait, peu importe le jour ou l'heure, Maurice interrompait toutes ses activités pour répondre aux besoins de sa meilleure cliente. Parlait-il avec un client important, discutait-il avec un directeur de New York qu'il suspendait tout pour répondre à Anita Leduc. Plus rien ne comptait pour lui que cette femme qu'il considérait aussi comme une amie très chère. Leurs conversations étaient toujours brèves. Elle demandait une réservation pour tel endroit, et voilà que commençait le cérémonial. Au bout d'une demi-heure, jamais plus tôt, Maurice la rappelait pour lui confirmer le numéro du vol et l'heure exacte du départ de l'avion et les autres détails du voyage.

La toute première fois que mademoiselle Anita lui avait téléphoné, il ne lui avait pas laissé le temps de terminer sa demande. Excité à l'idée de lui faire plaisir, il lui confirmait déjà une réservation. « Excusez-moi, monsieur Landry, avait alors répondu mademoiselle Anita, mais ne trouvez-vous pas que vous allez un peu vite ? Il serait sans doute bon de vérifier l'information avant de confirmer. Nous n'aimerions, ni vous ni moi, que certains détails nous échappent et gâchent notre voyage, n'est-ce pas ? Vous savez, il y a des gestes que l'on pose sans avoir assez réfléchi, et les résultats sont parfois décevants. Pour ma part, j'ai toujours pris mon temps et je ne l'ai jamais regretté. Prenez le temps qu'il faut. » Mademoiselle Anita venait d'imposer son rythme et Maurice n'avait pas hésité une seconde à le suivre. D'abord étonné du vouvoiement de mademoiselle Anita, Maurice avait vite compris que lorsqu'elle partait en voyage, elle ne parlait plus à l'ami, mais au directeur d'une agence. Cela faisait aussi partie du rituel.

Attendre... Elle savait qu'il la rappellerait, mais elle ne pouvait s'empêcher de douter, de craindre que son rêve ne se réalise plus. Aujourd'hui, elle avait besoin de s'évader. Il fallait qu'elle parte.

Quant à Maurice, après avoir raccroché, il se cala dans son fauteuil. Ainsi, mademoiselle Anita décidait de partir avant la fête qui se préparait chez Geneviève. Il ne savait jamais à quel moment elle aurait recours à ses services, mais qu'importe, il était toujours prêt à combler ses désirs. En attendant de la rappeler, il se remémora le début de leur étrange collaboration.

Élevé par une vieille tante, Maurice Landry avait tourné le dos à l'université pour voyager. À la suite d'un long périple autour du monde au cours duquel il avait fait cinquante-six métiers, il était allé s'établir à Montréal pour travailler dans une agence de voyages. Lors d'un séjour chez sa tante dans la Péninsule, il avait rencontré Lucie, qu'il avait tout de suite aimée. Elle enseignait à l'école primaire, et Maurice, malgré sa hâte, avait dû attendre quelque temps avant qu'elle se décide à l'épouser et à le suivre à Montréal.

Moins d'un an après leur mariage, Lucie avait mis au monde des jumeaux. Si elle avait eu l'intention de poursuivre son travail, elle avait dû en repousser l'idée, trop accaparée par les deux enfants. D'autant plus que Maurice, pour les besoins de l'agence, voyageait très souvent à l'extérieur. Lucie n'aimait pas Montréal, elle y manquait d'air et d'espace. La mer lui manquait ainsi que sa famille et la vie tranquille au village. Quand la tante de Maurice fut décédée, lui laissant la maison et un peu d'argent, il n'en avait pas fallu davantage pour que la famille Landry revienne au village. Le coin se développait et l'industrie touristique devenait intéressante ; les gens commençaient à vouloir voyager davantage. Lucie avait repris son enseignement et Maurice avait ouvert sa propre agence de voyages dans une pièce de la maison.

Depuis son enfance, il connaissait mademoiselle Anita de vue et, surtout, à travers les dires des gens. Peu de temps après l'ouverture de son agence, il l'avait croisée dans la rue. Comme tout le monde, il l'avait saluée et elle, au lieu de continuer son chemin comme d'habitude, s'était arrêtée. Elle venait de reconnaitre le «petit» Maurice Landry, élevé par la défunte Évangéline.

— Ainsi, tu vends du rêve, avait-elle dit en le regardant par-dessus ses lunettes. C'est bien... même très bien. Oui... très très bien. J'adore voyager, avait-elle ajouté d'une voix à peine audible.

Et elle avait continué sa route, le laissant sans voix, lui habituellement si volubile. Il avait regardé s'éloigner cette femme qu'il avait vue rapetisser au fil des années. Maurice consulta sa montre. Il n'était pas encore temps de lui confirmer sa réservation. À nouveau, ses doigts pianotèrent sur l'ordinateur. Une foule d'images lui revenaient et lui rappelaient certains faits. Qui lui avait raconté cette drôle d'histoire?

Un matin, à sa sortie de l'église, mademoiselle Anita portait un petit chapeau de paille, et un sac en filet trainait au bout de ses doigts. Ce vieux souvenir d'Europe lui rappelait les sorties journalières des courses à faire. Elle dit alors:

— Vous savez, en Europe, on fait toujours ses courses avec un filet. Là-bas, il n'y a pas de sacs en papier comme ici. Forcément! L'industrie des pâtes et papiers n'est pas développée comme au Canada! Les sacs sont rares et il en couterait beaucoup trop cher aux commerçants de les donner aux clients; c'est pour ça que les gens, là-bas, utilisent des filets. Et c'est très solide, à part ça.

Madame Yvonne, l'épicière, fit un rapide calcul mental de ce que lui coutaient les sacs de papier. Et trouva l'idée des Européens pas bête du tout. Elle pensait utiliser le procédé, jusqu'à ce que Marianne Robichaud, un peu sceptique, lance à mademoiselle Anita:

— C'est sûr que pour vous, c'est ben pratique; vous n'avez pas d'enfant. Mais moi, avec mes douze, ça prendrait un filet à hareng de mon vieux pour transporter tout ce qu'il faut que j'achète pour la famille.

Madame Yvonne pouvait oublier son idée. Il est vrai que mademoiselle Anita n'achetait jamais beaucoup à la fois. Le jour où madame Yvonne introduisit un charriot dans son magasin, mademoiselle Anita refusa de l'essayer, même pour le plaisir. Elle expliqua qu'elle n'avait jamais approuvé le style de vie des Américains.

Un arrêt à l'épicerie, dès sa sortie de l'église, servait de prétexte à ses sorties matinales. Il n'était pas rare non plus que quelques personnes s'y rendent en même temps, uniquement pour écouter les nombreux commentaires de mademoiselle Anita. On s'émerveillait d'entendre la fille vieille discuter nourriture avec la grosse madame Yvonne. On avait surtout hâte de savoir ce que commanderait mademoiselle Anita, car elle demandait régulièrement un produit que l'épicière n'avait pas ou dont elle n'avait jamais entendu parler. À l'époque, on ne se souciait pas beaucoup de la fine cuisine dans ce petit village de pêcheurs. On se préoccupait plus d'acheter le strict nécessaire pour nourrir une grosse famille que d'acheter des choses qu'on ne connaissait pas et qui coutaient surement les yeux de la tête.

Ce matin-là, après avoir salué les gens et fait le tour des étalages, mademoiselle Anita demanda une boite de calmar. La pauvre madame Yvonne, les yeux aussi gros qu'une boule de quilles, ne voyait pas à quoi pouvait ressembler une boite de cal... quoi ? Patiemment, mademoiselle Anita lui expliqua ce qu'était ce mollusque qu'elle avait savouré à Setúbal, petit port de pêche portugais situé près de Lisbonne.

Les femmes l'écoutaient religieusement, souhaitant manger une fois dans leur vie un mollusque à l'air aussi répugnant, mais délicieux au gout. Elle leur expliqua même comment détacher les entrailles sans briser la poche d'encre; mais lorsqu'elle leur précisa qu'il fallait sans hésiter donner un bon coup de couteau juste au-dessus des yeux pour séparer les tentacules de la tête, plus personne n'avait le gout de manger du calmar. Il est vrai que, pour soutenir l'attention de son public, mademoiselle Anita, à force de gestes, avait drôlement exagéré son récit. Chose certaine, elle avait l'air de connaitre son affaire. Le calmar n'était certes pas pour les gens du village, car ils préféraient une bonne morue servie avec des patates rondes. Rien de compliqué, mais quelque chose de bon.

Enfin, ne pouvant se procurer la boite demandée, elle prit une boite de conserve au passage. De temps à autre, comme ça, pour son plaisir, elle demandait un produit qu'elle était certaine de ne pas trouver. Elle n'agissait pas ainsi par méchanceté et encore moins par snobisme.

Ce geste faisait partie de sa façon de vivre entre deux rêves. La grosse madame Yvonne, qui s'était alarmée de ne pas pouvoir satisfaire ses désirs, s'était vite aperçue qu'elle ne tenait pas du tout au produit demandé. Sans trop savoir pourquoi, elle avait continué le jeu en y prenant un plaisir chaque fois plus grand. Elle posait des questions sur le produit que commandait mademoiselle Anita, uniquement dans le but d'entendre une autre histoire. Cela lui permettait, ainsi qu'à ses clients, de vivre au rythme des grandes capitales et de rêver à bon compte. Lorsque mademoiselle Anita mettait ainsi son public en appétit, madame Yvonne promettait de lui commander son produit de Montréal ou d'ailleurs. Mais madame Yvonne, qui se faisait toujours un point d'honneur de satisfaire ses clients, savait que c'était inutile, et ce, depuis les fameux escargots.

Un jour, mademoiselle Anita avait demandé une boite d'escargots gris, et elle en avait parlé avec tant de fièvre que madame Yvonne en avait l'eau à la bouche depuis ce temps-là et supplia son frère d'en trouver le plus vite possible à Montréal. Environ un mois plus tard, le frère rapporta la fameuse boite d'escargots. Madame Yvonne n'en croyait pas ses yeux; elle avait drôlement hâte au lendemain pour montrer le mets rare non seulement à mademoiselle Anita, mais à tous ses autres clients qui ne manqueraient pas, eux aussi, d'être impressionnés. Madame Yvonne maintiendrait sa réputation de femme avant-gardiste. Ça, c'était certain.

Le lendemain, l'excitation était à son comble chez l'épicière. Tout le monde regardait la boite et la tournait dans tous les sens. C'était surement très différent. Mais il fallait attendre mademoiselle Anita. N'eût été un certain respect pour ses habitudes, on l'aurait sortie de l'église au plus vite pour l'amener à l'épicerie.

Mademoiselle Anita quitta enfin l'église, saluant quelques passants et s'arrêtant à l'occasion pour toucher et admirer les fleurs des parterres. Dieu qu'elle prenait son temps! Surement qu'elle ne savait pas pour les escargots. Sinon, elle aurait couru jusqu'à l'épicerie. Non, elle ne devait pas savoir. Au bout de ses doigts, l'éternel petit filet se balançait.

Elle arriva enfin. Madame Yvonne, après l'avoir saluée haut et fort, lui tendit religieusement la boite d'escargots. Elle était si émue qu'un léger voile de larmes brouillait ses yeux.

— Voilà, dit-elle, je savais bien que je vous en trouverais. C'est ben ça, des escargots, hein? Sur l'étiquette, ça ressemble aux barlicocos qu'on a sur la côte. Mais c'est surement pas pareil. Ça doit être ben meilleur, ces affaires-là. Ah! Mademoiselle Anita, vous pouvez pas savoir tout le mal que je me suis donné pour vous en trouver. C'est très rare, vous savez, quand on connait pas ça. Très rare.

Et madame Yvonne, que l'émotion étouffait, ne pouvait plus parler. Elle était rouge, très rouge, et s'essuyait le visage avec son tablier. Elle avait l'air d'une petite fille timide et heureuse.

Mademoiselle Anita regarda distraitement la boite, sourit et la déposa doucement sur le comptoir pour ensuite se diriger vers le rayon des légumes frais.

Tout le monde surveilla madame Yvonne, qui était sur le point de s'évanouir, puis tourna la tête en direction de la fille vieille.

— Mademoiselle Anita, vous êtes pas contente? C'est pas la boite que vous vouliez? Je l'ai fait spécialement venir de Montréal! Rien que pour vous! Vous m'aviez dit que vous en vouliez l'autre jour.

Vous vous en souvenez, hein ? Vous savez, mon frère a dit que c'est un Français de France qui lui a vendu la boite. C'est exprès pour vous, ça... C'est pas ce que vous aviez demandé ?

Sans dire un mot, mademoiselle Anita laissa tomber sa pomme de laitue pour revenir près de l'épicière. Elle prit nonchalamment la boite d'escargots et la tourna dans tous les sens. Puis, elle la déposa à nouveau sur le comptoir et regarda madame Yvonne droit dans les yeux.

— Non, je ne crois pas que j'ai le gout d'en manger aujourd'hui, dit-elle en esquissant un sourire à désarmer n'importe qui. Si jamais vous voulez les préparer, je vais vous donner une bonne recette de beurre à l'ail persillé, et vous ferez flamber les escargots au cognac. C'est délicieux, vous verrez.

Comme elle s'apprêtait à partir, elle se ravisa et lui dit :

— Autant vous donner la recette tout de suite, sinon je risque de l'oublier.

Elle saisit un morceau de papier sur le comptoir et inscrivit la recette des escargots à l'ail persillé.

— Tenez, lui dit-elle en lui remettant le papier. Je reviendrai demain, et vous m'en donnerez des nouvelles. Au revoir, Madame Yvonne, et bon appétit. Messieurs Dames, lança-t-elle aux autres avant de franchir la porte de l'épicerie.

Le morceau de papier dans la main, madame Yvonne, estomaquée, ne bougeait plus. La colère lui monta au visage et des sentiments contradictoires remuèrent sa poitrine opulente. Pas de doute, madame Yvonne était en furie. Devait-elle calmer sa colère en lançant la boite d'escargots à la fille vieille, qui trottinait innocemment dans la rue, ou encore se mettre à crier de rage? Elle allait se décider quand, tout à coup, un rire général s'éleva dans l'épicerie.

Les gens se tenaient les côtes et riaient tellement que les larmes jaillissaient de leurs yeux. Madame Yvonne, abasourdie, les regardait. À les entendre s'esclaffer, elle esquissa un pauvre sourire dans lequel pointait le désespoir. Et, gagnée peu à peu par leur joie contagieuse, à son tour elle se mit à rire. La soupape était ouverte. Et la grosse épicière riait tant que tout le haut de son corps se soulevait et retombait comme un immense raz-de-marée. Elle se tenait le ventre en même temps qu'elle en pleurait. Ça en valait bien la peine! Madame Yvonne se dit qu'elle se consolerait en mangeant, le soir même, les escargots à l'ail persillé.

Cruelle déception! Elle trouva les escargots tellement répugnants qu'elle les noya dans une mer de beurre à l'ail. Et tant qu'à les flamber au cognac, elle en profita pour boire la moitié de la bouteille avant de trouver le courage de les manger. Son foie ne la trouva pas drôle du tout et la tint éveillée une bonne partie de la nuit. Le lendemain matin, un mal de tête carabiné l'empêcha d'ouvrir son épicerie. L'histoire, bien sûr, comme toutes les autres, n'avait pas tardé à faire le tour du village, surtout que madame Yvonne avait promené sa crise de foie pendant trois jours.

On lui avait raconté cette histoire alors qu'il venait d'ouvrir son agence de voyages, au début des années 1960. Il était plutôt curieux de vérifier ce que mademoiselle Anita racontait au sujet de ses voyages. Mais comment la rencontrer? Mademoiselle Anita ne recevait pratiquement jamais et on ne lui connaissait pas d'amis. À part ses sorties quotidiennes, la vie de cette femme demeurait, pour lui, un mystère. Il lui fallait trouver le moyen de la rencontrer. Mais lequel?

En se promenant sur la grève, alors que le soir s'étirait avec paresse, Maurice décida qu'il n'aurait plus à se poser de questions: il lui parlerait voyages. Lors de sa première visite, il lui apporta un petit vase bleu acheté à Jérusalem. Ce geste délicat impressionna beaucoup mademoiselle Anita, qui voyait en Maurice Landry un homme de bon gout et de distinction. Elle lui servit un verre de porto et, toute la soirée, ils parlèrent de la ville mystérieuse. En retournant chez lui, Landry était sans doute l'homme le plus ému de la terre. Cette femme, avec qui il venait de passer la soirée, l'avait complètement subjugué. Fine causeuse, elle lui avait raconté un séjour d'une semaine dans la ville sainte avec tant de détails que son séjour à lui, effectué un an auparavant, n'avait plus aucune couleur. Maurice Landry, après avoir tout raconté à Lucie, ne s'endormit qu'au petit matin à force de penser à cette femme étourdissante et combien fascinante.

Une foule d'images se bousculaient dans sa nuit blanche. Si seulement mademoiselle Anita voulait travailler pour lui! Sa façon de raconter donnait l'envie de visiter les villes et les pays qu'elle décrivait.

Maurice voyait sa clientèle et son chiffre d'affaires doubler grâce à cette femme merveilleuse. Dans sa tête survoltée, il rêvait. Anita Leduc donnerait des conférences sur l'art de voyager ; on ferait des reportages sur elle, et lui, comme un chevalier servant, l'accompagnerait partout. Ensemble, ils connaîtraient une renommée internationale. Et Maurice rêvait. Il lui en donnerait du pays, à mademoiselle Anita, si seulement elle acceptait de collaborer avec lui.

Avant de lui faire une telle proposition, Maurice la rencontra à plusieurs reprises pour savoir si elle ne connaissait que Jérusalem ou si elle était allée ailleurs. Il ne s'était pas trompé : dès qu'il lui nommait un pays, mademoiselle Anita le dessinait devant lui, transportant à coup sûr le directeur dans un avion de mots.

Un soir, Maurice se décida à lui faire part de ses projets. Après lui avoir expliqué comment il voyait leur association, il attendit impatiemment sa réaction enthousiaste. Au lieu de cela, Anita Leduc releva lentement la tête et, lorsque ses yeux empreints de tristesse rencontrèrent ceux de Maurice, elle lui dit simplement :

— Tu ne m'as pas comprise.

Anita, écrasée de désespoir, reconduisit Maurice à la porte.

Comme si le ciel se déchirait entre eux, Maurice venait de saisir toute la portée des mots de la fille vieille. Il n'avait effectivement rien compris de son monde et il avait honte. Jamais il n'aurait dû lui faire cette proposition. Il la voyait devant lui, vulné-rable. Elle n'ajouta rien. Ses yeux se mouillèrent, et Maurice, bouleversé, quitta la maison.

Ce ne fut que tard dans la nuit qu'il trouva le moyen de renouer avec mademoiselle Anita. Avec elle, il participerait à un grand jeu dont elle fixerait elle-même les règles.

VI

Mademoiselle Anita, comme d'habitude, ne tenait plus en place. Elle essayait de ne pas regarder le téléphone, qui prenait un malin plaisir à garder le silence. Distraitement elle laissa tomber le journal sur le plancher, et le bruit de la chute la tira aussitôt de sa léthargie. Elle ramassa le journal, le plia et le rangea sur la petite table. Elle se leva de sa chaise, marcha jusqu'au milieu de la pièce en regardant par la fenêtre. Et si le téléphone était défectueux? Elle décrocha et entendit la tonalité rassurante de l'appareil. L'attente se faisait de plus en plus pénible. Mademoiselle Anita avait froid, même si le soleil s'accrochait aux murs et lui caressait le visage. Elle refaisait cent fois les mêmes gestes. Elle essuyait ses lunettes, retournait à la fenêtre, touchait le téléphone et revenait au milieu de la pièce.

La sonnerie fit éclater le silence. Mademoiselle Anita porta la main à son cœur et sa tête se mit à bourdonner. Elle hésita et, au troisième coup, décrocha. La magie opérait.

— Mademoiselle Anita, c'est confirmé. Oui, vous avez votre réservation tel que demandé. Vous n'aurez aucun problème, j'ai réglé tous les détails pour vous. N'oubliez pas, vous devrez être à l'aéroport au moins une heure avant le départ. Est-ce que ça vous va?

— Mon Dieu, oui, monsieur Landry; vous êtes très aimable. Dites-moi, quel temps... quel temps fait-il à Paris en ce moment?

Sa voix trahissait son excitation. Chaque fois qu'elle s'interrogeait sur la température, le directeur se faisait un plaisir de la renseigner.

— On me dit qu'il fait très beau en ce moment. Il fait chaud, mais prévoyez quand même quelques lainages. J'ai également pris le soin de vous réserver une chambre à l'hôtel *Michelet-Odéon*, tout juste à côté du *Théâtre de l'Odéon*. Vous avez noté? Bien sûr, la chambre comprend la salle de bains complète. L'hôtel se trouve tout près des jardins du Luxembourg. C'est bien situé. Oui, c'est très confortable, vous verrez. Ça vous va?

— Vous êtes très aimable, monsieur Landry. Quel plaisir de traiter avec vous. Je vous remercie.

— Oh! Avant que j'oublie! Une voiture vous attendra à l'aéroport. Non, il n'y aura pas de problème. Vous pouvez partir en paix. C'est ça... Je vous souhaite un très bon voyage et j'attends votre appel dès votre retour.

Mademoiselle Anita pouvait maintenant se préparer à partir. Elle se dirigea vers la petite chambre attenante à la grande pièce et ouvrit la porte. Des centaines de cartes postales en tapissaient les murs. Deux armoires vitrées regorgeaient de bibelots et de sculptures de divers pays. Au milieu de la pièce, le lit avait été remplacé par une longue table en bois, sur laquelle reposait un globe terrestre. Entre les deux fenêtres, juste dans le coin, un vieux fauteuil en cuir attendait la voyageuse. Mademoiselle Anita ouvrit le placard et sortit une valise ancienne en carton, recouverte d'autocollants du monde entier. Tokyo reposait près de Melbourne, Grindelwald empiétait sur Madrid, et la Norvège, sur Bruxelles. Elle caressa longuement chaque destination. Ses yeux noirs prirent alors l'éclat d'un coquillage au soleil. Elle laissait ses doigts courir fébrilement sur la valise. Le geste était doux, presque sensuel. Tant de voyages encore à faire... Tant de villes à connaitre...

Combien de temps passa-t-elle à rêver ainsi? Les minutes n'existaient plus : il ne subsistait qu'une sensation de douceur et d'ivresse.

Quand la fille vieille ouvrit la valise, un parfum de rose s'en échappa et vint caresser ses narines. Elle fit minutieusement l'inspection de la valise. Quelques années auparavant, elle lui avait cousu une doublure de satin rose pour en rajeunir l'intérieur. Tout était propre, beau et doux.

Mademoiselle Anita examina les robes suspendues dans le placard. Elles étaient toutes faites d'après un même modèle; seules les couleurs variaient. Elle se dit qu'il faisait beau à Paris en ce mois de juin et que ses robes, quoique très anciennes, seraient d'un chic fou. Elle les étala sur la table et sur le fauteuil en cuir. Laquelle mettrait-elle pour prendre l'avion? Elle choisit la jaune et la porta à sa chambre. Elle revint dans son antre à voyages, ouvrit le premier tiroir du placard et en ressortit des dessous de dentelle qu'elle plia soigneusement dans la valise. Elle y mit également quelques lainages pour les soirées fraiches, alors qu'elle marcherait sur les quais de la Seine. Dans un sac de velours, elle glissa un collier de perles et des boucles assorties pour les soirées à l'Opéra. Les soirées à l'Opéra... Elle porterait sa robe longue noire, celle qui mettait en évidence la richesse du collier et accentuait l'éclat de ses yeux. Elle adorait cette robe; lorsqu'elle la portait, elle ressemblait à un rêve qui traverse la nuit. Habillée de sa robe noire, mademoiselle Anita attirait les regards et s'amusait discrètement des remous qu'elle suscitait. Avec minutie, elle la rangea dans la valise avec trois autres robes.

Peu après, mademoiselle Anita se rendit dans la salle de bains, fit couler l'eau de la baignoire et ajouta de l'essence de rose. Il lui fallait se détendre un peu avant de prendre l'avion. Elle se glissa dans la baignoire pour ne plus bouger. Malgré sa hâte de partir, elle fit le vide dans sa tête et se força à ne plus penser. Après vingt minutes de relaxation, elle endossa son peignoir et se lava le visage. En le touchant de ses éponges, mademoiselle Anita constata le changement. Les rides disparaissaient une à une et sa peau redevenait celle qu'elle avait à vingt ans. Elle brossa longuement ses cheveux et refit adroitement son chignon. Elle n'avait plus qu'à s'habiller. Sa robe jaune l'ensoleillait et la faisait paraitre encore plus mince et plus fragile. Elle se regarda attentivement dans la glace, respira longuement et sortit de sa chambre, pour se retrouver dans celle de ses souvenirs de jeunesse.

Sa valise faite, elle la boucla et la déposa près du fauteuil en cuir. Du deuxième tiroir du placard, elle sortit une grande enveloppe brune dont elle vida le contenu sur la table. Des cartes du monde s'ouvrirent pour la faire rêver. Elle les détailla une à une, prit celle de Paris et replaça lentement les autres dans l'enveloppe qu'elle remisa aussitôt. Paris, cette ville qu'elle avait tant de fois visitée... La carte de Paris était vieille et un peu déchirée, tellement elle avait été utilisée. Qu'importe, elle pouvait encore servir.

Un dernier détail à régler et mademoiselle Anita serait prête à partir. Du fond du placard, elle retira un sac de coton brun dans lequel reposait un tricot blanc. Elle le plaça sur le dessus de la valise. La longue bande blanche jetée sur la valise s'échoua sur le plancher. Les mailles lourdes de voyages attendaient.

Mademoiselle Anita s'assit dans son fauteuil, ouvrit la carte sur ses genoux et Paris s'étala devant elle. Ses doigts descendirent rapidement le long du boulevard Sébastopol, traversèrent le pont au Change, coururent sur le boulevard Saint-Michel et empruntèrent enfin la rue de l'Odéon. Comme elle aimait la Rive gauche! Elle se sentait bien au milieu des étudiants et adorait les petites librairies dans lesquelles on pouvait flâner des heures durant, sans se faire déranger. Tiens, il faudrait bien qu'elle aille prendre l'apéritif et manger de petits sandwichs chez Adrienne Monnier; peut-être aurait-elle le plaisir de réentendre Joyce ou encore Eliot lire quelques-uns de leurs textes. Tous ses amis seraient là, avec elle.

Que d'images surgissaient dans la mémoire d'Anita lorsqu'elle se retrouvait dans ces rues que le temps avait emportées. Elle irait certainement, comme la dernière fois, entendre un concert à la Sainte Chapelle. Elle visiterait des expositions, irait dans les musées et verrait des films, surtout en début d'après-midi, ou peut-être avant d'aller diner. Elle traverserait la Seine pour se rendre à l'Opéra où elle porterait son élégante robe noire et, après la soirée, elle reviendrait diner à *La Coupole*. Que de journées, que de douces folies à vivre! Paris, sur ses genoux, l'attendait avec impatience.

Mademoiselle Anita saisit son tricot et poussa un soupir en attrapant une maille. Une voix annonça le moment de l'embarquement et mademoiselle Anita sentit son cœur se serrer. Elle se cala dans son fauteuil et vit les cartes postales s'embrouiller lentement sur le mur en face d'elle. Elle ferma alors les yeux, et les mailles commencèrent leur symphonie tandis que l'avion prenait son envol et qu'elle survolait les arbres puis la mer. Ses doigts, accrochés aux aiguilles, faisaient un travail qu'elle-même ne surveillait plus depuis longtemps. Le tricot ne servait qu'à débrider son imagination. Au bout de quelques instants, le tricot écrasa Paris et les mailles s'endormirent.

Le téléphone pouvait sonner, les gens pouvaient venir frapper à la porte, mademoiselle Anita ne voyait plus rien, n'entendait plus rien. Elle était à Paris.

VII

En fin d'avant-midi, Geneviève pénétra chez mademoiselle Anita. La maison semblait déserte. En regardant dans la petite chambre, Geneviève aperçut la fille vieille assise dans son fauteuil. C'est bien ce qu'elle avait cru lorsqu'elle lui avait parlé plus tôt; sa façon de regarder la mer de même que sa hâte de retourner à la maison démontraient qu'elle se préparait à un voyage. Encore une fois, elle était partie. Mais où ?

En la voyant immobile dans son fauteuil, Geneviève repensa au tableau qu'elle venait de terminer, celui qui complétait la série qu'elle exposerait chez *Delano*, à Montréal. La ressemblance était saisissante. Geneviève était vraiment fière de son travail et avait hâte au lendemain. Ses amis verraient non seulement l'ensemble, mais surtout le portrait d'Anita. Elle observa attentivement la voyageuse. Dans quel pays se promenait-elle ? Au même moment, mademoiselle Anita ouvrit les yeux et regarda en direction de Geneviève sans la voir. Lentement, les mailles se remirent à danser.

Geneviève n'était pas là pour rêver avec mademoiselle Anita ; il lui fallait tondre le gazon comme elle le lui avait promis. Elle passa la tondeuse et le bruit, de connivence avec le rêve, ne pénétra même pas dans la maison. Et même s'il y était parvenu, il n'aurait rien changé, la voyageuse étant maintenant rendue trop loin. Les platebandes nettoyées, la tondeuse remisée, Geneviève entra à nouveau chez Anita; elle prit une bière dans le frigo, trouva un cendrier et alla s'assoir sur la galerie. Combien de temps durerait le voyage de mademoiselle Anita? À l'agence, on saurait bien la renseigner. Geneviève revint dans la maison et saisit le téléphone.

— Bonjour, Diane, c'est Geneviève. Est-ce que Maurice est là? Oui, oui, je vais attendre.

Geneviève observait les doigts de la fille vieille qui refaisaient toujours les mêmes mouvements rapides. Une maille se perdait que les aiguilles la rattrapaient aussitôt. La longue bande blanche s'étalait sur la carte, glissait sur la valise et s'entassait sur le plancher. Il aurait été plus simple de pénétrer dans la chambre pour regarder quelle ville ou quel pays reposait sur les genoux d'Anita, mais jamais Geneviève n'aurait osé ce geste.

— Bonjour Maurice. Non, ça va, je ne suis pas pressée. Ah, elle te l'a dit! Oui, j'ai terminé le dernier ce matin. J'ai vraiment hâte que tu les voies. Oui, vous venez vers dix-huit heures. Ce sera parfait. Écoute, si je te téléphone, c'est pour un petit renseignement. Je suis venue tondre la pelouse de mademoiselle Anita et je suis très curieuse de savoir où elle est partie. À Paris? Ah... Non, non, je demandais ça comme ça. J'espère seulement qu'elle sera en forme pour samedi soir. D'accord, merci et à bientôt.

La conversation téléphonique n'avait pas ramené mademoiselle Anita ; celle-ci poursuivait son voyage sans se laisser déranger. Geneviève retourna s'assoir sur les marches de la galerie pour finir de boire sa bière. Ainsi, elle était à Paris. Il semblait à Geneviève qu'elle se rendait à Paris de plus en plus souvent. Qu'est-ce qui l'attirait là plus qu'ailleurs ? Il faudrait qu'elle en glisse un mot à Madeleine. Peut-être qu'elle saurait trouver une explication. Ces voyages à Paris n'avaient pas frappé Maurice ; selon lui, mademoiselle Anita adorait cet endroit.

Geneviève entendit la sonnerie du téléphone, mais ne bougea pas. Il n'y avait personne chez Anita. Quelle curieuse femme ! Il y avait dix ans que Maurice et Lucie lui avaient présenté cette drôle de petite bonne femme. « Mon Dieu, se dit Geneviève, que le temps passe vite. Dix ans déjà. »

C'était ici, au village, qu'elle était vraiment repartie à zéro. Avant, et durant près de quatre ans, elle avait connu l'enfer, la longue dépression après la mort de Louis. Elle l'avait aimé, ce peintre brillant qui lui avait enseigné la technique du portrait. Huit ans de vie commune avec Louis, huit ans à perfectionner leur art et à connaitre le succès lors des expositions. Sans que personne ne s'y attende, Louis mourait d'un infarctus.

Sans Louis, Geneviève se sentait incapable de fonctionner et, surtout, de continuer de peindre. Elle avait alors vendu l'Atelier et mis un terme à sa carrière d'artiste, en quittant Montréal. Plus rien ne la rattachait à ce monde si ce n'est certains souvenirs qui la brulaient. Désemparée, elle s'était rendue chez Maurice et Lucie dans l'espoir de calmer sa peine. Elle devait passer deux semaines chez ses amis à qui elle rendait visite pour la première fois, mais après quatre jours, elle avait plié bagage. Les grands espaces et la mer avaient davantage creusé sa peine. Malgré les efforts des Landry pour la consoler, rien n'avait pu la distraire. On lui avait parlé de la fille vieille, mais Geneviève, trop enfoncée dans sa douleur, n'était réceptive à rien. On l'avait invitée à nouveau, mais elle avait préféré voyager en Europe, trainant son deuil un peu partout, ne s'attachant à personne. Un jour, elle avait rencontré une Américaine et l'avait suivie jusque dans une ferme au Dakota du Nord. Elle y avait vécu quelque temps, sans jamais reprendre gout à la peinture. L'aventure terminée et à bout de ressources financières, elle était revenue à Montréal où elle avait accepté un poste au ministère du Tourisme.

Sa folle errance avait duré près de quatre ans. Avant de se lancer dans une nouvelle carrière, elle avait eu le gout de revoir les Landry et était revenue au village. Les grands espaces ne lui faisaient plus peur. Elle s'était donc amenée avec ses valises, précisant qu'elle resterait deux semaines, après quoi elle emménagerait dans son nouvel appartement. Geneviève ne se doutait pas que ce n'était pas à Montréal qu'elle commencerait sa nouvelle vie, mais au village. Elle y avait rencontré Madeleine, avec qui elle vivait depuis dix ans, et mademoiselle Anita, qui lui avait redonné le gout de peindre.

La fumée de sa cigarette dessina ses premiers souvenirs du village. Elle repensait à cette fameuse soirée, la première, alors qu'ils avaient fait la fête. Madeleine, une amie des Landry, était là, drôle et volubile. Au milieu des rires et du vin, tous les trois s'étaient mis à lui parler de mademoiselle Anita. Geneviève avait trouvé ce qu'on lui racontait tellement incroyable qu'elle avait eu une envie folle de la rencontrer. Maurice avait alors suggéré de se rendre à l'épicerie si elle voulait la voir et l'entendre. En y allant le lendemain, elle ne serait pas déçue, car mademoiselle Anita avait téléphoné à Maurice en fin d'après-midi pour le prévenir qu'elle venait de rentrer de voyage.

Malgré un mal de tête catastrophique, Geneviève s'était laissé entrainer au rendez-vous de mademoiselle Anita. Et elle l'avait vue sortir de l'église. En revoyant cette scène, Geneviève sourit et se remémora chaque détail de cette fameuse rencontre.

Le pas de mademoiselle Anita trainait dans la rue. Ses yeux hagards trahissaient une longue course à poursuivre on ne sait quelle chimère. Pourtant, elle arrivait, lentement, comme si son rêve, ébranlé par la marche, allait s'estomper au soleil. Elle portait une petite robe bleu pâle, passée de mode, et un drôle de petit filet pendait à ses doigts. Elle arrivait, un peu perdue, comme si elle s'était trompée de planète. Geneviève, subjuguée, ne pouvait détacher ses yeux de cette silhouette. Cachée derrière les gens, elle ne voulait pas que sa présence – elle qui était étrangère – vienne perturber le récit de mademoiselle Anita.

Maurice avait bien raison; elle rentrait de voyage. Plus précisément du Portugal.

— Ah! Mademoiselle Anita, lança l'épicière, il y avait ben longtemps qu'on vous a vue. Comment allez-vous? On était un peu inquiets. Pensez donc, avec tout ce qui arrive à l'étranger. Doux Jésus! Que vous avez l'air fatiguée! Ce doit être votre décalage d'heures. Avez-vous vu vos yeux, mademoiselle Anita? Vous êtes arrivée hier soir, c'est ça? Vous avez fait un bon voyage? On avait tellement hâte de vous voir arriver... Vous avez dû en faire, des choses, là-bas.

C'était toujours madame Yvonne qui posait les premières questions à mademoiselle Anita. Après l'avoir accueillie de cette façon, l'épicière regardait ses clients. Tous brulaient d'entendre l'histoire qui les transporterait en dehors de leur monde familier. Devant cet auditoire impatient, mademoiselle Anita prenait son temps, comme si elle choisissait ses mots. En prenant une boite d'artichauts pour la glisser dans son filet, elle traversait la frontière du rêve.

— Vous savez, ce serait un peu long à vous expliquer, finit-elle par lancer. J'ai vu tellement de choses dans ce voyage, que je ne sais trop que vous dire. C'est vrai que je suis un peu fatiguée, ce matin.

Les gens de plus en plus impatients la suppliaient du regard. Elle n'allait quand même pas leur faire le coup de la fatigue et partir sans rien dire!

— Mais, à bien y penser, continua-t-elle, il y a bien quelque chose qui saura vous intéresser...

Et les yeux de mademoiselle Anita reprirent vie en même temps qu'elle amorçait son récit. Dans le magasin, on entendit un même et grand soupir général.

— ... Eh bien, voilà. J'étais à Nazaré, un petit village de pêcheurs, un peu comme ici. Quel endroit étrange ! Et quel beau village du Portugal ! Ses habitants ont le sens de la fête, vous savez. Prochainement, en septembre... oui, je crois que c'est en septembre... eh bien, ils fêteront Notre-Dame de Nazaré. C'est une très vieille tradition encore très respectée des jeunes. Mais il n'y a pas que des fêtes religieuses. Ils fêtent également le Mardi gras. Comme à Río. Ça porte un autre nom, mais là, je ne peux pas me le rappeler. Je n'aime pas le Carnaval de Río. Trop de violence et de meurtres. Et c'est pour ça que je n'y vais plus. Mais au Portugal, ce n'est pas la même chose. Les gens se déguisent aussi, mais c'est beaucoup plus calme. Disons que la fête est plus civilisée.

Mademoiselle Anita ferma les yeux quelques instants. D'autres images lui revenaient.

— Là-bas, les femmes sont très belles. Les plus âgées sont vêtues de noir de la tête aux pieds. Et souvent, croyez-le ou non, on les retrouve assises sur le trottoir ou au pied des grandes falaises caressées par le soleil et rongées par la mer. L'effet est saisissant.

— Assises sur le trottoir ! Franchement, mademoiselle Anita, voulez-vous ben me dire ce qu'elles font là ? C'est pas des manières, ça. Surtout que vous nous dites qu'elles ne sont plus jeunes. Des vieilles assises sur un trottoir ! Franchement ! Je me vois pas passer des journées de même. Des plans pour que mon vieux me fasse enfermer au plus vite.

Toutes les personnes présentes éclatèrent de rire à la réflexion de madame Landry. C'était vrai. De quoi auraient-elles l'air, assises sur un trottoir en plein soleil ? Ça prenait bien des vieux pays pour avoir des idées pareilles !

— Elles sont assises et elles attendent, continua mademoiselle Anita. C'est tout juste si on peut apercevoir leur visage tellement elles sont habillées. On dit d'ailleurs qu'elles s'habillent ainsi à cause des fils et des maris perdus en mer. J'aurais bien aimé vous montrer une photographie, mais ces femmes sont vieilles et n'aiment pas du tout qu'on les prenne en photo. J'ai toujours respecté la volonté des gens, alors je n'ai rien photographié. Pourtant, laissez-moi vous dire que c'est très impressionnant de voir toutes ces femmes vêtues de noir, devant les maisons blanches frappées par le soleil. De grandes ombres noires...

Chaque femme dans l'épicerie pensa à son homme parti en mer. Aucune d'elles ne se voyait assise à attendre que son homme arrive ; même pas sur le bord de la côte. Elles avaient trop de choses à faire pour passer des journées sous un soleil noir de deuil. Vraiment, les femmes de là-bas avaient de bien curieuses idées. Mademoiselle Anita coupa court à leurs réflexions et poursuivit.

— Celles qui ne portent pas le deuil sont habillées de vêtements très foncés. Il n'est pas rare de voir passer une femme chaussée de grosses bottines noires surmontées de bas à moitié repliés. Ces femmes portent bien souvent une jupe brune avec un grand tablier aux couleurs ternes, en plus d'un chandail ou d'un châle, même en plein été.

— Vous voulez dire que toutes les femmes sont habillées de même au Portugal? lança madame Landry. Il me semble que ça doit être triste à voir, des femmes foncées comme elles.

— Non, pas partout, rectifia mademoiselle Anita. À Lisbonne, elles sont habillées comme ici, mais dans ce petit village, ça fait partie des traditions, j'imagine. Et elles ont toujours un foulard sur la tête. S'il n'est pas noir, vous pouvez être surs qu'il est foncé. Mais il faut les voir transporter sur la tête de gros paniers de draps à laver. Sans les mains! Des fois, on dirait des pyramides, grosses... mon Dieu, grosses jusqu'au plafond.

— Vous voulez dire que le panier plein de linge tient debout tout seul, sur la tête, sans tomber? souffla Corinne d'une voix incrédule en levant les yeux au plafond.

— Non, le panier ne tombe pas. Comment pourraient-elles le tenir? La plupart du temps, elles en portent un autre sous le bras et, avec l'autre bras, elles tiennent un enfant.

— Mais le linge, coupa à nouveau Corinne, pourquoi elles en transportent autant à la fois? Qu'est-ce qu'elles font avec?

— Elles vont le laver, parce qu'elles ne sont pas équipées comme nous. C'est rare qu'une famille possède sa propre laveuse.

— Pas même une laveuse à tordeur comme celles qu'on avait avant? ajouta madame Landry avec un air de stupéfaction.

— Même pas, répondit mademoiselle Anita en souriant.

— Doux Jésus qu'elles font pitié, ces femmes-là. Elles peuvent ben être habillées tout en noir! C'est donc effrayant de vivre pauvres comme ça. Transporter son linge sale sur la tête!

— Et vous devriez les voir marcher, continua mademoiselle Anita. Elles marchent comme si elles n'avaient rien sur la tête. Je vous jure qu'il y en a, du linge, dans le panier. Et tenez-vous bien... J'ai même vu une femme qui transportait non pas du linge, mais un vigneau. Un vigneau large comme l'allée d'ici.

Tout le monde se mit à mesurer des yeux la distance entre les deux rangées de l'épicerie. C'était large. Et tout le monde regarda alors mademoiselle Anita qui souriait, n'ayant rien manqué du léger mouvement des gens.

— Et sur le vigneau séchait du poisson. C'était plein.

— Ça ressemblait à quoi, ce poisson-là? demanda madame Yvonne. À de la morue ou à du hareng? C'est vrai que dans ces pays-là, c'est tellement différent de nous autres qu'il faut s'attendre à tout, n'est-ce pas? Ça avait l'air de quoi, ces poissons-là?

— Disons que ça ressemblait à peu près à des...

Mademoiselle Anita cherchait ses mots pour essayer de leur expliquer. Les gens, suspendus à ses lèvres, attendaient fébrilement de savoir à quoi pouvait ressembler un «vigneau» de poissons large comme l'allée, perché sur la tête d'une femme.

— Je dirais à... de petites sardines, dit-elle pensivement. Oui, à de petites sardines.

— Ah! firent-ils tous en chœur.

Des sardines, c'est très petit, et il était possible que ça puisse tenir sur une tête. Mais un vigneau plein de morues, la femme aurait certainement eu de la difficulté à le tenir. Va pour les sardines!

— En avez-vous gouté? demanda le vieux René, encore tout impressionné par ce qu'il venait d'entendre.

— Bien sûr, répondit mademoiselle Anita. J'adore essayer les spécialités des endroits que je visite. Mais là... Je ne saurais trop vous décrire le gout. Disons que ça goutait le poisson séché.

«Comme elle était drôle», se souvint Geneviève, assise sur la galerie. Elle se rappelait cette première rencontre comme si c'était la veille. Le poisson séché de la grosseur des sardines. Et les gens buvaient ses paroles alors qu'elle continuait à raconter. Durant tout ce temps, Geneviève s'était contentée de rester à l'écart. Peu à peu, sans trop s'en rendre compte tellement elle était captivée par le discours de mademoiselle Anita, elle s'était rapprochée du groupe pour mieux la regarder. Et c'est là, au beau milieu d'une phrase, que la fille vieille s'aperçut d'une présence étrangère. Ce fut suffisant pour l'arrêter.

— Tiens, de la visite, dit-elle en regardant Geneviève.

Les gens avaient complètement oublié sa présence à l'arrivée de mademoiselle Anita, et ils voulaient maintenant tous savoir qui était cette étrangère qui venait de briser le charme. Sur le coup, Geneviève était troublée, car elle aurait cent fois mieux aimé passer inaperçue pour continuer à écouter les histoires de la voyageuse.

— Vous devez surement être la visite de Maurice Landry, lança l'épicière. Il me semble que Lucie m'a dit qu'elle attendait une amie de Montréal.

— Oui, je suis arrivée hier.

Geneviève sentit les regards curieux braqués sur elle, surtout celui de mademoiselle Anita. Elle était subjuguée par les yeux de la conteuse. La fille vieille la fixait avec une telle intensité que Geneviève se mit à bafouiller.

Elle avait la gorge sèche et le mal de tête, résultant des excès de la veille, se manifestait à nouveau. Ce n'était pas dans cette épicerie qu'elle aurait aimé faire la connaissance de mademoiselle Anita, surtout après ce qu'elle venait d'entendre. Elle aurait préféré un endroit plus discret. Madame Yvonne la bombardait de questions et tentait de lui trouver un lien de parenté avec les Gallant du coin. Avec ce regard à la fois pétillant et moqueur, mademoiselle Anita ne disait rien. La grosse Yvonne, mieux informée qu'une journaliste, semblait être au courant de tout, et les clients autour d'elle appréciaient sa façon de faire, curieux de connaitre l'identité de l'intruse. Malgré son désir de fuir l'épicerie, Geneviève devait se montrer polie. À la question à savoir si c'était vrai qu'elle peignait, mademoiselle Anita interrompit l'inquisition pour demander à l'épicière le prix de la boite d'artichauts qu'elle avait glissé dans son filet. Elle paya et fit à Geneviève un rapide clin d'œil en tournant brusquement les talons. Elle reprit sa marche sautillante pour retourner chez elle.

Geneviève ne pouvait détacher son regard de cette silhouette qui, à son grand soulagement, venait de la sortir du pétrin. Madame Yvonne cessa enfin ses nombreuses questions pour suivre des yeux mademoiselle Anita. Lorsque celle-ci eut disparu de leur champ de vision, les clients commencèrent à se disperser pour vaquer à leurs occupations quotidiennes.

Pour eux, ce qui venait de se passer était parfaitement naturel. Mademoiselle Anita, qu'ils avaient vue la veille, revenait d'un séjour au Portugal et leur racontait ce voyage. « Quelle force émane donc de cette femme pour que tous acceptent de jouer le jeu ? Elle tient le monde dans sa main et on la porte aux nues », songea Geneviève, encore sous le coup de l'émotion. Elle ne savait trop quoi ajouter et ne voulait pas que les gens croient qu'elle était venue dans le but de briser l'illusion.

— C'est une femme vraiment intéressante, dit-elle avec son plus beau sourire. Sa façon de raconter un voyage est tellement fascinante qu'on croirait presque se retrouver dans le lieu qu'elle décrit. J'aimerais bien l'entendre à nouveau.

— Oui, dit madame Yvonne d'un ton sec. Qu'est-ce que je peux faire pour vous, aujourd'hui ?

Madame Yvonne venait de lui faire comprendre que sa présence n'était pas du tout appréciée et qu'elle avait intérêt à déguerpir au plus vite.

VIII

— Je l'ai vue, je l'ai entendue, dit Geneviève. Incroyable! Non, mais je n'en reviens pas! J'étais à l'épicerie, ce matin. Tu aurais dû voir les gens alors qu'ils l'attendaient. Tout était calme jusqu'à ce que quelqu'un crie: « Elle arrive! » Ils se sont pressés à la vitrine pour la regarder venir. Vraiment, c'était fascinant à voir. Il y avait bien quelques murmures, mais lorsqu'elle est entrée, il s'est fait un silence de mort. Puis tous l'ont saluée. Elle passait timidement entre les gens, et Dieu que je la sentais fragile! L'épicière a commencé à lui poser des questions sur son voyage. Et quand elle s'est mise à parler, la métamorphose complète! J'écoutais, cachée derrière les autres, et j'aurais juré qu'elle arrivait vraiment de voyage. Cette femme est un tableau vivant.Elle nous fait voir des images extraordinaires. Avec sa voix et ses gestes, elle nous happe au passage et nous entraine dans un monde étrange. Elle nous tient en haleine du début à la fin. C'est un phénomène! Tandis qu'elle parlait, je regardais les gens l'écouter. Ils étaient subjugués. Comment est-ce possible? Un tableau vivant, je te dis.

— C'est vrai, dit Maurice, c'est pour ça qu'ici tout le monde l'aime. Elle nous entraine dans son sillage, et nous nous laissons prendre. Avec cette femme, le monde devient pur et beau. Mademoiselle Anita, c'est un peu ce que l'on pourrait appeler une magicienne du rêve. Chaque fois, c'est pareil. Est-ce qu'elle t'a vue ?

— Ne m'en parle pas, j'étais tellement mal à l'aise ! La chère Yvonne – tu sais, la propriétaire – elle m'a posé plein de questions. Une vraie commère ! Ce qui est arrivé, c'est que j'étais tellement intéressée par l'histoire que je me suis approchée sans m'en rendre compte. Au début, j'ai pris soin de me faire oublier derrière les gens, mais c'est devenu plus fort que moi. À un moment donné, mademoiselle Anita m'a aperçue et elle a arrêté de parler. Elle a dit un truc comme quoi je devais être de la visite. Et c'est là qu'Yvonne s'est lancée dans son interrogatoire.

— J'imagine qu'elle a dû t'en poser. Il n'y pas grand-chose qui lui échappe. Mais c'est une bonne personne.

— Peut-être, répliqua Geneviève, mais mademoiselle Anita n'a plus continué son histoire. Ah, Maurice ! J'étais tellement bouleversée de l'avoir entendue que j'ai passé l'après-midi sur la plage. Cette femme me hantait. J'avais le gout de la revoir. J'ai même passé devant chez elle. Tu ne peux pas savoir à quel point je me suis retenue pour ne pas aller frapper à sa porte. Si elle avait été dehors, je serais allée lui parler. Mais, ne la voyant pas, je n'ai pas osé.

— Heureusement que tu n'y es pas allée. On ne se présente pas chez mademoiselle Anita à l'improviste. Il faut s'annoncer et il n'est pas certain qu'elle vous recevra. Elle a toujours été comme ça. Il parait que certains s'en sont montrés choqués, mais les gens s'y sont habitués par la suite. Mademoiselle Anita ne vit pas pour partager son quotidien, elle ne vit que pour nous emmener dans le rêve avec elle.

— Je sais, Madeleine m'a déjà mise au courant.

— Tu as vu Madeleine? demanda Lucie, qui venait tout juste de rentrer. Quand ça?

— Elle est venue tout à l'heure pour m'inviter à souper chez elle ce soir. Justement, je voulais vous prévenir. Elle doit me prendre dans une heure. À propos, étant donné que mademoiselle Anita vient ici de temps à autre, j'aimerais que vous l'invitiez pendant que je suis ici. Oh, Maurice! Fais-le pour moi, j'aimerais tellement la revoir et passer une soirée avec elle!

— Qu'en penses-tu, Lucie? demanda Maurice.

— C'est une excellente idée. Je peux lui téléphoner ce soir et arranger ça. Mais je te préviens, Geneviève, continua Lucie. Mademoiselle Anita peut accepter l'invitation et téléphoner à la dernière minute pour annuler en disant qu'elle doit partir en voyage. Ce n'est pas arrivé souvent, mais elle l'a déjà fait. Maintenant, quand pourrions-nous la recevoir? Impossible en fin de semaine. Mercredi soir prochain? Samedi, nous faisons une corvée au chalet. Nous devons installer les armoires de la cuisine. J'espère que Madeleine n'a pas oublié! Elle nous a promis un coup de main. Les jumeaux vont nous aider aussi. Tu devrais venir, ça te ferait du bien de travailler physiquement. Tu vas voir, ça libère l'esprit. La construction avance. L'an prochain, quand tu reviendras, c'est au chalet que nous passerons l'été.

— Si je reviens, bien sûr... Avec mon nouveau travail, je ne sais même pas quand j'aurai des vacances. Comme je suis la dernière embauchée, je ne suis pas certaine de pouvoir en prendre à l'été. Et puis, vous ne savez pas si vous pourrez supporter ma présence quelques jours encore.

— Je suis sûr que tu voudras revenir, lança Maurice d'un ton mi-rieur. Tu verras, quand nous serons installés, le coin t'inspirera surement. Je ne serais pas surpris du tout que tu reprennes tes pinceaux après l'avoir vu.

— Je t'en prie, Maurice, ne me parle plus de peinture. Pour moi, cette période appartient au passé. C'est fini tout ça, et j'aimerais que ce soit clair entre nous. Bon, vous m'excuserez, je dois prendre une douche et me changer. Madeleine va bientôt arriver. Ne m'attendez pas, je risque de rentrer très tard.

La soirée chez Madeleine avait été inoubliable. Elles l'avaient passée à se raconter et à rire, si bien que Geneviève y avait dormi. La fin de semaine s'était déroulée à travailler au chalet sans même que mademoiselle Anita se montre le bout du nez. Geneviève l'avait aperçue sur la plage et, à quelques reprises, elle lui avait fait signe de la main. Mais mademoiselle Anita n'était pas venue les trouver. Malgré son désir fou de la retrouver, Geneviève n'avait pas insisté. Maurice lui avait fortement conseillé de ne pas la déranger. C'était toujours elle qui venait vers les gens, jamais le contraire. Même si Lucie lui avait dit qu'elle avait accepté l'invitation à souper le mercredi suivant, Geneviève trouvait l'attente un peu longue.

Mais le fameux jour était enfin arrivé. Durant l'après-midi, Madeleine et Geneviève avaient long-temps marché sur la plage. Elles avaient beaucoup de choses en commun et elles en étaient à faire des projets. Madeleine, dans son enthousiasme, proposa à Geneviève de quitter Montréal pour venir vivre avec elle. Parce que tout était trop nouveau et encore trop fragile pour elle, Geneviève ne put rien lui promettre. Elle avait besoin d'un peu de temps pour y réfléchir.

Elles marchaient donc au bord de la mer lorsqu'elles virent mademoiselle Anita, immobile sur le haut de la falaise. Elle ne semblait pas les voir, même si elles lui faisaient signe de la main. En entendant son nom, elle baissa la tête dans leur direction et sourit avant de faire demi-tour pour rentrer chez elle.

— Madeleine, crois-tu qu'elle peut encore téléphoner pour annuler le souper?

— Tout est possible, tu sais... J'avoue que son regard ne laisse rien présager de bon, mais je peux me tromper. Il faut beaucoup de patience avec elle. Espérons! dit-elle en riant.

— Cette rencontre est très importante pour moi. J'ai tellement de questions à lui poser. Ça me rend nerveuse de devoir attendre encore.

— Je sais... Viens, on rentre à la maison.

Mademoiselle Anita ne s'était pas décommandée. À la fin de la journée, Maurice passa la prendre chez elle. Geneviève ne tenait plus en place à l'idée de la revoir et de passer une soirée en sa compagnie, loin de l'épicerie, entourée uniquement d'amis. C'est dans une robe marine et blanc qu'elle se présenta, un bouquet de fleurs sauvages à la main, toute mignonne. On ne voyait que ses yeux moqueurs. Geneviève avait les mains moites en serrant les siennes.

À table, elle n'était pas bavarde ; elle écoutait beaucoup plus qu'elle ne parlait. Tout au long du repas, elle observait Geneviève qui ne pouvait soutenir son regard tellement elle était intimidée. Sauf à partir du moment où elle se mit à l'observer à son tour. Au bout de quelques secondes, mademoiselle Anita se racla la gorge.

— Ainsi, Geneviève, toi aussi tu inventes du rêve. J'ai toujours eu un faible pour les peintres. Ce sont des êtres sensibles qui captent la beauté du monde. Lorsque je suis en voyage, je ne rate jamais une occasion de visiter des expositions ou de passer des heures dans les musées. Tu dois faire de belles choses, Maurice m'en a déjà parlé.

— J'ai abandonné la peinture il y a quatre ans, mademoiselle Anita. C'est une longue histoire et vous m'excuserez, mais je n'ai pas le goût d'en parler. C'est un peu compliqué, tout ça. Maintenant, je travaille au ministère du Tourisme, alors...

– Ça, ce n'est pas fait, ajouta-t-elle vivement.

Ce n'est pas encore fait.

— C'est vrai, vous avez raison, dit Geneviève en éclatant de rire. Je n'ai pas encore commencé et je dis déjà que j'y travaille. C'est bon signe, non ? Enfin, j'ai l'impression de recommencer une nouvelle vie à trente ans.

Il fallait voir l'expression de mademoiselle Anita. Elle pencha un peu la tête à gauche comme pour mieux l'observer sous un angle différent. C'était plutôt elle qui avait l'air d'une peintre fixant son sujet.

— Il n'y a pas d'histoire d'amour facile à raconter, je sais, dit-elle. Tu n'as pas à essayer de m'expliquer la tienne. Je ne crois pas qu'elle soit si différente de celle des autres. Mais la peinture, c'est un peu comme les voyages. La peinture, c'est... c'est le monde intérieur projeté à l'extérieur. Vois-tu, beaucoup de gens aimeraient peindre, mais ils n'ont aucun talent. Ce n'est pas donné à tout le monde. Alors ces gens visitent des expositions et se mettent à rêver à même les toiles. C'est pour ça que les peintres existent, pour leur faire partager un monde de sensibilité, de formes et de couleurs. La peinture ressemble beaucoup aux voyages. Il y a des gens qui aimeraient voyager et ne le font pas. Ils ont peur de l'inconnu, d'être dépaysés. Car il n'est pas facile d'être confronté à de nouvelles cultures. Beaucoup d'autres sont seuls et n'ont personne pour les accompagner. C'est un peu triste, non ?

Mademoiselle Anita avait parlé lentement, un peu comme si elle rêvait de vive voix. Ses yeux, l'espace d'un instant, semblaient ailleurs.

— Il parait que tu as du talent, Geneviève. Et il ne faut pas nous en priver, ce serait un sacrilège. Laisse dormir le passé. Même que...

Elle fit une pause, regarda Madeleine et reporta ses yeux sur Geneviève.

— Même que tu devrais accepter la proposition de Madeleine et quitter Montréal.

Geneviève s'étrangla en prenant une gorgée de vin. Comment avait-elle su? Rouge de confusion, elle n'osait plus se tourner vers Madeleine. Quant à Maurice et Lucie, ils les regardaient sans rien comprendre. Quelle était cette proposition de Madeleine? Avant même que Lucie n'ait le temps de poser une question, mademoiselle Anita s'empressa d'ajouter:

— Un détail sans importance pour le moment. Enfin, si mon intuition est bonne, Geneviève aurait intérêt à quitter Montréal et à recommencer à peindre. Elle va rater sa vie et mourir d'ennui à travailler dans un ministère.

— C'est ce que j'ai pensé, dit Lucie. Je t'en ai parlé, Geneviève, mais tu es tellement butée.

— Il ne sert à rien de fuir le bonheur sous prétexte qu'il peut finir un jour. La peinture, Geneviève, ne la laisse pas mourir en toi et ne laisse pas l'amour t'échapper. On ne vient pas sur terre pour ne vivre que des regrets. Laisse ça à d'autres.

— Mademoiselle Anita, pourquoi me parler de ça, ce soir? Je vous l'ai dit, je ne peins plus depuis quatre ans. À la mort de Louis, j'ai fait la promesse de ne plus jamais toucher à des pinceaux.

— Tu devrais savoir, ma belle, qu'il y a des promesses que l'on fait dans des moments pénibles et qu'on ne ferait pas la tête froide. Cette promesse ne tient pas s'il faut, pour en payer le prix, gaspiller un talent. Trouve une autre raison.

— Ça fait quatre ans, vous ne comprenez pas! J'ai désappris la technique. Je ne saurais plus.

— Balivernes, tout ça! Au lieu de perdre ton temps, tu devrais plutôt réfléchir. Bon, il me semble que l'on pourrait passer au salon et prendre le café. Nous avons tellement de choses à nous raconter. Car cette jeune femme avait bien hâte de me rencontrer, n'est-ce pas? Allez, galant jeune homme, donnez-moi le bras et conduisez-moi au salon. Nous vous attendrons là-bas pendant que vous préparez le café, dit-elle en éclatant de rire.

Geneviève regardait cette femme qui, derrière ses lunettes, s'accrochait à chaque détail. Au bras de Maurice, elle ressemblait à une jeune fille rieuse et insouciante. Mademoiselle Anita adorait jouer et taquiner lorsque l'occasion se présentait.

Au salon, Geneviève alla s'assoir tout près de mademoiselle Anita. Elle avait une foule de questions à lui poser au sujet de ses voyages.

— Vous avez beaucoup voyagé, dit Geneviève, mais j'aimerais bien savoir s'il y a un pays ou une ville que vous avez particulièrement aimé.

Aux mots de «pays» et «ville», les yeux de mademoiselle Anita se fermèrent puis se rouvrirent. Sa respiration devint un peu plus lente.

Elle prit une gorgée de café et, s'essuyant les lèvres avec sa serviette, elle fixa longuement Geneviève. En quelques secondes, ses yeux devinrent un nuage de brume. Sa voix, comme venue d'ailleurs, n'était qu'un mince filet qui peu à peu s'animait à mesure que les mots la transportaient.

— J'ai fait le tour du monde, c'est vrai. Le tour du monde, et je ne m'en lasse jamais. Ai-je aimé un endroit plus qu'un autre? Tout est partout si différent. J'ai toujours aimé la France, Paris surtout. Pour le reste, ça dépend de chacun. Il faut aller au Maroc au moins une fois dans sa vie, se retrouver dans un autre siècle et vivre le dépaysement. Le Maroc, cette mer de sable à n'en plus finir. Ces hommes bleus colorés par leurs tuniques et le temps. Le Maroc...

Et mademoiselle Anita les fit lentement glisser jusqu'au Maroc. Avec elle, ils se perdirent dans les souks de Goulimine pour se retrouver sur la place Djemaa el-Fna autour des charmeurs de serpents, des conteurs de légendes, des musiciens et des porteurs d'eau. Un monde de couleurs et de paysages les entrainait sur de longues plages où ils se retrouvaient, la nuit, entassés à cinq ou six dans une pièce pour dormir. Le couscous sentait bon et le thé marocain chatouillait leur palais. Tout y passait: l'habillement des femmes, leur absence dans les cafés, les maisons à ciel ouvert, les petits villages...

Mademoiselle Anita les tenait en haleine et s'amusait beaucoup à raconter. Comme les autres, Geneviève était fascinée de l'entendre et, à mesure qu'elle parlait, une interrogation lui venait constamment à l'esprit. D'où tenait-elle ses renseignements ? À quelle source s'était-elle abreuvée pour que tous arrivent à croire ce qu'elle leur racontait ? Maurice devait y être pour quelque chose, et c'est à lui qu'il fallait poser la question.

Le voyage au Maroc durait depuis près de deux heures et demie. Ils marchaient sur une plage près d'Agadir quand, tout à coup, mademoiselle Anita déposa ses mains sur ses genoux. Après quelques secondes de silence, elle rajusta ses lunettes, et ce simple geste la ramena dans le salon des Landry.

— Mon Dieu, dit-elle en se levant, comme le temps passe ! Il faut que j'y aille, maintenant. Il se fait tard.

Il leur était difficile de sortir du rêve, car les images du Maroc tournaient dans leur tête. Geneviève ressentait la même euphorie que le jour où elle l'avait entendue à l'épicerie. Dans le salon des Landry, l'effet était encore plus magique. En l'espace d'une soirée, cette femme lui redonnait le gout des pinceaux qu'elle croyait à jamais perdu. En la regardant se préparer à partir, elle s'approcha d'elle et, dans un mouvement spontané, lui caressa le visage.

— Chère mademoiselle Anita, à vous regarder et à vous écouter, j'aurais le gout de peindre un jour votre portrait. J'aimerais tellement en être capable.

— Oh, Geneviève ! murmura l'autre en l'embrassant sur la joue. Je sais que tu peux le faire, et ce sera le plus beau cadeau de ma vie.

La pièce était chargée d'émotion. Maurice, pour cacher son trouble, courut chercher une bouteille de cognac et des verres.

— Non, pas pour moi, mes enfants. Ce soir, je suis un peu fatiguée et je dois rentrer. Faites la fête, je serai dans vos cœurs. Quant à toi, jeune fille, j'espère que c'est sérieux, ton idée du portrait. Mais il ne faudra pas me demander de poser pour toi, j'en serai incapable. Sais-tu ce que j'aimerais voir dans ce portrait ?

— Dites toujours.

— J'aimerais beaucoup que tu y mettes l'univers. Est-ce possible ?

— J'avoue que c'est une grosse commande et je ne sais pas si je pourrai. Ce sera plutôt difficile, vous ne croyez pas ?

— Pas quand on me connait. Mais je te fais confiance. Parce que ta décision est prise, si je comprends bien.

— Non, lui dit Geneviève en la serrant très fort. Ce soir, c'est la première fois que j'en ai le gout, mais il y a trop de choses à considérer. Il faut que je réfléchisse.

Sur ce, mademoiselle Anita leur fit la bise et partit au bras de Maurice.

À peine ce dernier était-il de retour que Geneviève le bombarda de questions.

— C'est toi, Maurice, qui l'alimentes, n'est-ce pas ?

— Aucunement, ma chère. Personne ici n'alimente mademoiselle Anita. C'est plutôt elle qui nous alimente. Ma seule contribution, si tu tiens à le savoir, ce sont les réservations qu'elle me demande d'effectuer. Ce rôle me plait bien, et personne d'autre que moi ne peut le faire. Il est vrai que lorsque je vais à l'extérieur, je lui rapporte des souvenirs et des cartes postales ou routières. Ici, tout le monde le fait. Mais personne ne lui raconte ce qu'il a vu ou vécu durant ces voyages. Il est inutile d'essayer, elle le fait pour eux. Quand je voyage, j'ai l'impression que ce n'est pas moi qui me retrouve à Moscou ou à Oslo. C'est plutôt elle qui regarde à travers moi. Tu l'as aimée, n'est-ce pas ?

— Si je l'ai aimée ? Quelle question ! Je l'ai adorée. Qu'est-ce qu'elle t'a dit dans la voiture ? Est-ce qu'elle t'a parlé de moi ? Est-ce qu'elle veut me revoir ?

— Non, non, mademoiselle Anita ne parle jamais en voiture. Et encore moins lorsqu'elle vient de raconter un voyage. Les mots courants n'ont plus aucune signification pour elle. J'imagine qu'elle doit continuer à rêver. Qu'en penses-tu ?

— Peut-être, je ne sais pas. En tout cas, je trouve ça très stimulant de rencontrer une femme comme elle. C'est incroyable, mais j'ai le gout de sortir mes pinceaux pour faire son portrait.

— Si seulement tu pouvais le faire, Geneviève, dit Lucie, tu ne sais pas le plaisir que tu nous ferais. N'est-ce pas vous autres ? Mais Madeleine, parle-nous donc de cette proposition dont parlait mademoiselle Anita.

— C'est vrai, Madeleine, comment se fait-il que tu m'aies fait la proposition cet après-midi sur la plage et qu'elle soit déjà au courant ?

— Disons, pour être honnête avec toi, que j'en avais d'abord parlé à mademoiselle Anita.

— Tu lui as tout dit ! répliqua Geneviève aussitôt.

— Voilà, continua Madeleine. Hier, je me suis rendue chez Anita pour lui parler d'un projet. Toutes les deux, nous avons convenu que Geneviève ne devrait pas accepter son nouveau travail, mais plutôt reprendre la peinture. J'ai passé beaucoup de temps avec toi, Geneviève, et j'ai appris à te connaitre. Assez, du moins, pour savoir que c'est par la peinture que tu peux te réaliser. Tu m'as dit toi-même que le coin est magnifique et que tu te sens en paix ici. On s'entend bien toutes les deux. On a les mêmes gouts, les mêmes idées, et on peut apprendre des choses ensemble. Alors, dit-elle en regardant Maurice et Lucie, j'ai demandé à Geneviève de quitter Montréal et de venir habiter avec moi. C'est ma proposition. Et elle tient doublement parce que, pour la première fois, tu viens d'émettre le désir de reprendre tes pinceaux. Le coin et mademoiselle Anita peuvent t'inspirer.

— Ah ! là, Madeleine a raison, dit Lucie. Moi, je trouve l'idée très bonne, n'est-ce pas Maurice ?

— Attendez, vous autres, répliqua Geneviève. C'est bien beau tout ça, mais ce n'est pas une décision qui se prend du jour au lendemain. Vous ne semblez pas vous rendre compte que si j'ai accepté de travailler au ministère, c'est avant tout pour toucher un salaire. À l'heure actuelle, je n'ai rien. Je suis complètement fauchée. Avant que je puisse recommencer à peindre et à vendre des tableaux, ça peut prendre du temps. En attendant, comment vais-je vivre?

— Je viens de te le dire, avec moi! Il me semble que c'est clair, non?

— Écoute, Madeleine, j'ai trente ans, et si tu penses que j'ai envie de vivre à tes crochets...

— Je n'ai jamais dit ça! Écoute, poursuivit-elle en riant, je ne suis pas comptable pour rien. Avec toi, je fais un investissement. Je ne te garderai pas à ne rien faire. Tu vas produire. Tout est dans le calcul, ma chérie. Tu vas voir, un jour, que je n'aurai pas à regretter cette proposition.

— Personnellement, dit Maurice, je trouve l'idée excellente. Mais Geneviève n'a pas d'endroit pour peindre.

— Qu'est-ce que tu veux dire? Pas d'endroit pour peindre!

— Chez toi, c'est trop petit! Si elle veut peindre, ça va lui prendre un atelier et je peux essayer de lui en trouver un.

— Écoutez, ajouta Madeleine, ça non plus, ce n'est pas un problème. Vous pensez bien qu'avant de lui faire une telle proposition, j'ai réfléchi. Elle pourra toujours prendre la chambre d'amis pour peindre. Il n'y a rien dans cette pièce-là. Qu'un vieux lit inconfortable et un petit bureau. J'avais d'ailleurs l'intention de me débarrasser de tout ça pour faire des changements. Et une idée m'est venue en allant travailler à votre chalet. Si j'achetais moi aussi un terrain de mademoiselle Anita, nous pourrions y construire notre maison avec un bel atelier, juste sur le bord de la mer.

— Quoi! firent-ils tous en chœur.

— Pourquoi pas? Depuis le temps que je voulais me construire une maison, c'est l'occasion rêvée. Et mademoiselle Anita n'a pas hésité une seconde. Elle dit que nous pouvons commencer la construction cette semaine, si on veut.

— Madeleine! Une maison, ça représente de l'argent. Moi, je n'en ai pas les moyens.

— Je ne t'ai rien demandé, Geneviève. Par contre, j'aimerais beaucoup avoir tes idées pour les plans. Si tu acceptes de venir y habiter, autant qu'elle soit à ton gout. L'argent, ce n'est pas un problème. D'autres questions?

— Je suis bien contente, dit Lucie. Si vous vous construisez à côté de notre chalet, ce sera très plaisant. C'est vrai que l'idée est très bonne. Sers-nous donc un peu de cognac, Maurice. Tu vois bien que nos verres sont vides!

IX

— Bonjour, Geneviève. Excuse-moi, je ne voulais pas te faire peur.

— Bonjour, Michel, dit Geneviève en se levant. Je ne vous ai pas entendu arriver. C'est fou ce que j'étais rendue loin ! Comment allez-vous ?

— Bien, très bien même. Et toi ?

— En pleine forme. Mais si vous venez pour voir mademoiselle Anita, vous tombez mal. Elle est à Paris présentement.

— Je sais, c'est toi que je venais voir. Tu as terminé la pelouse ? Viens, je t'accompagne jusque chez toi. Je voudrais discuter de la fête de samedi.

— D'accord, je rapporte la bouteille et le cendrier, et on y va.

— Laisse, je m'en occupe.

Michel pénétra dans la maison, alla ranger la bouteille et vida le cendrier. En revenant sur ses pas, il s'arrêta pour regarder mademoiselle Anita, toute recroquevillée dans son fauteuil. Il la trouvait toujours aussi belle. Mais il réprima son élan de tendresse et retourna auprès de Geneviève.

Lorsqu'il toucha la rampe de la galerie, un peu de peinture écaillée lui colla à la paume. De sa large main, il vérifia la solidité du bois qui, avec le temps, commençait à se détériorer.

— Il faudra que je remplace la rampe la semaine prochaine et que je rafraichisse la galerie.

Du haut de son mètre quatre-vingts, Michel marchait en regardant les arbres, attentif au chant des oiseaux. Il était encore bel homme, très près de la nature, et avait la peau tannée par le soleil. Son crâne dégarni et son visage caressé par le temps accentuaient le bleu profond de ses yeux.

— Anita n'est pas au courant que vous allez la fêter. Vous ne lui avez rien dit, n'est-ce pas?

— Mais non, j'ai toujours dit que je vous invitais à fêter ma prochaine exposition. Je ne crois pas qu'elle se doute de quelque chose.

— Comme ça, reprit Michel, tu as vraiment terminé tes tableaux! J'ai bien hâte de voir ça.

En arrivant chez Geneviève, il lui demanda la permission de mettre au réfrigérateur le sac qu'il transportait.

— Qu'est-ce que c'est? demanda-t-elle intriguée.

— J'ai eu du crabe frais tout à l'heure. C'est ce que nous allons manger à son retour. Il y en a trop pour nous deux, alors je vais t'en donner avant de partir. Ça ne te dérange pas si je reste ici à l'attendre?

— Mais non, pas du tout, Michel! Je suis toujours contente de vous voir. C'est drôle, mais depuis que je vous connais, vous n'avez jamais manqué un retour de mademoiselle Anita et vous lui avez toujours préparé le repas à ces occasions-là.

— Oui, c'est une longue tradition entre elle et moi. Depuis, je dirais... je ne sais plus. Très longtemps. Mais j'allais oublier, il faut que je téléphone à Maurice pour lui dire que je suis ici. Je peux me servir de ton téléphone ?

Après son appel, Michel revint s'assoir sur la véranda.

— Dis donc, Geneviève, tu as deux planches qui sont complètement pourries. Il faudrait les remplacer, parce que ça risque de devenir dangereux.

— Oui, je sais. C'est un peu de la négligence de notre part. Ça fait un bout de temps qu'on l'a constaté, mais on n'a rien fait.

— Je peux venir vous les remplacer au début de la semaine prochaine, si tu veux.

Malgré ses soixante-treize ans, Michel travaillait toujours. Plus d'un faisait appel à ses services, car il connaissait tout ce qui touchait à la construction d'une maison. Au fil des années, il était devenu l'homme à tout faire du village ; mais il était surtout celui de mademoiselle Anita. Dès qu'un problème se présentait, elle s'en remettait à lui.

C'est lui qui avait refait presque entièrement sa maison, une douzaine d'années auparavant. Et c'est à cette même époque qu'ils avaient commencé à se fréquenter du bout des doigts. Elle lui avait téléphoné afin qu'il passe chez elle pour évaluer les travaux à réaliser. Il avait visité la maison, sauf la pièce servant à ses voyages. Elle avait tenu la porte fermée sans lui donner d'explications, et il n'avait posé aucune question. Il fallait presque tout refaire, dans cette maison. Michel s'était abstenu de lui dire qu'il lui en couterait moins cher de s'en construire une nouvelle, sachant que mademoiselle Anita tenait beaucoup à la sienne. La seule remarque qu'il avait osé lui faire, c'était qu'il fallait qu'elle s'attende à ce que ce soit long. Ce qui ne la dérangeait pas. Pourvu qu'il la rende confortable.

— Vous pourrez supporter d'entendre la scie et les coups de marteau à longueur de jour ? lui avait-il demandé.

— Je suis capable de me couper du bruit, vous savez.

Après cette visite, il était retourné chez lui, heureux de pouvoir enfin travailler chez cette femme. Il s'était occupé de l'achat des matériaux et avait commencé une semaine plus tard, car il avait dû auparavant terminer des travaux chez les Chiasson.

Michel aimait travailler dans le silence et ne dérangeait jamais mademoiselle Anita pour des détails insignifiants. Il connaissait son métier, le faisait lentement et bien. Certains jours, mademoiselle Anita n'avait pas l'impression qu'il était là, tellement Michel était discret.

Sa discrétion, c'est probablement ce trait de caractère qui avait le plus attiré la fille vieille. Il ne parlait de personne, encore moins de lui. À la fin de la journée, elle lui offrait toujours une tasse de thé. Il se lavait les mains, essuyait la sueur sur son visage et lissait sur le côté les quelques cheveux qui garnissaient son crâne. En s'assoyant, il regardait le travail accompli et évaluait mentalement ce qui restait à faire, avant de poser les yeux sur mademoiselle Anita. Michel avait toujours eu beaucoup d'assurance, mais devant elle, il perdait tous ses moyens et devenait timide. Elle l'observait sans dire un mot ; alors, il grattait sa barbe d'une journée et, comme si ce geste lui rappelait sa tenue de travail, il s'essuyait longuement les mains sur ses cuisses avant de saisir la tasse de thé. Il regardait mademoiselle Anita à la dérobée et, pour cacher son trouble, examinait la grande pièce avant de regarder par terre.

— J'ai fait un peu de saletés sur votre plancher. Avant de partir, je vais passer le balai. Comme ça, vous serez plus à l'aise dans la soirée.

— Si vous voulez, répondait-elle avant de lui sourire à nouveau.

Michel baissait les yeux et finissait de boire son thé. De temps à autre, lorsqu'il se sentait trop troublé, il lui expliquait ce qu'il ferait le lendemain. Mais il ne s'éternisait jamais, sachant fort bien que ces détails n'intéressaient pas mademoiselle Anita. Alors, il se levait sans dire un mot. Il balayait la pièce et rangeait ensuite son matériel, avant de lui dire bonsoir.

Après avoir refait l'extérieur, il lui avait demandé à quelle pièce il devait s'attaquer d'abord. Des yeux, elle fit le tour de la grande pièce, avant de s'arrêter sur celle des voyages.

— Celle-là, avait-elle montré de la tête.

Pour avoir vu la pièce en changeant les fenêtres, Michel savait qu'elle était tapissée de cartes postales et que les étagères regorgeaient de souvenirs. Il lui avait demandé s'il pouvait sortir ce qu'il y avait dans la pièce pour qu'elle soit prête le lendemain, mais devant le regard paniqué d'Anita, il avait tout de suite ajouté :

— Et puis non ! À bien y penser, il se fait tard. Je le ferai demain.

Le lendemain, les cartes avaient été enlevées et les souvenirs, ramassés. Il ne restait que la longue table, le fauteuil en cuir et des étagères vides. Après avoir refait la pièce au complet, Michel lui suggéra d'y transporter son lit afin qu'il puisse entreprendre les travaux de la chambre à coucher.

— Qu'allez-vous chercher là ? Il n'en est pas question ! Vous n'avez qu'à pousser le divan contre le mur et placer le lit ici, avait-elle répliqué vivement.

Après trois mois de travail, leurs conversations étaient toujours aussi limitées. Elle ne faisait aucun effort pour lui parler, elle qui avait la parole si facile pour raconter ses voyages. Michel avait l'impression qu'elle l'étudiait. Même si les yeux de mademoiselle Anita arrivaient à le troubler, il évitait de le lui laisser paraitre.

Les journées se ressemblaient toutes. Mademoiselle Anita sortait le matin pour se rendre à l'église et ensuite à l'épicerie. À midi, Michel arrêtait ses travaux, allait manger chez lui pour revenir une heure plus tard. En début d'après-midi, mademoiselle Anita marchait sur la plage et, à son retour, s'installait pour lire. Vers dix-sept heures, elle préparait du thé et l'invitait à venir s'assoir, sans pour autant alimenter la conversation. Ils s'habituèrent ainsi l'un à l'autre.

Un jour, en revenant de la plage, mademoiselle Anita avait quelque chose de changé. Au lieu de s'installer pour lire, elle téléphona et, après une courte conversation, sembla très préoccupée. Michel aurait bien aimé lui demander ce qui n'allait pas, mais la timidité le figeait sur place. Mademoiselle Anita tournait en rond dans la grande pièce, jusqu'à ce que le téléphone la paralyse. Michel n'entendait pas ce qu'elle disait. Après avoir raccroché, elle se mordit les lèvres et lui demanda d'arrêter son travail, car elle avait à lui parler.

— Michel, je suis un peu embêtée, doit-elle en fixant le sol pour finalement le regarder droit dans les yeux. Je ne sais pas où vous en êtes avec les travaux, mais c'est fini pour aujourd'hui.

Son regard était très étrange et Michel, inquiet, flairait la catastrophe.

— Je dois me rendre en Suisse dès aujourd'hui et j'ai beaucoup de choses à préparer avant de partir. Je préférerais que vous reveniez demain.

C'était la première fois qu'elle lui parlait d'un voyage à faire. Comme tout le monde, il n'avait entendu ses récits qu'à son retour. Aujourd'hui, elle lui parlait de préparatifs. Ses yeux avaient l'air de l'implorer. Que devait-il faire ? La tension montait entre eux et Michel avait la très nette impression que son attitude et ses paroles allaient être déterminantes dans la suite de leur relation. Après s'être passé la main sur le visage, il retourna à la porte de la chambre à coucher pour examiner à nouveau son travail. Il tourna la tête ; elle était toujours là, immobile au milieu de la pièce. Il revint alors vers elle.

— Vous devez surement avoir beaucoup à faire avant de partir, lui dit-il avec de la tendresse dans la voix. Je vous comprends. Préparez vos bagages en paix. Je vais remettre un peu d'ordre avant de partir. Ne vous occupez pas de moi.

Mademoiselle Anita lui sourit pour le remercier. Sans ajouter un mot, elle lui tourna le dos pour ouvrir la porte de sa chambre à souvenirs. Toutes les cartes avaient regagné les murs. Michel aurait eu le gout d'y entrer pour mieux voir, mais il recula plutôt lorsqu'elle sortit sa valise.

Tout en remettant de l'ordre dans la grande pièce, il surveillait discrètement les préparatifs du voyage. En sortant de la salle de bains, mademoiselle Anita portait une robe différente. Au moment où il s'apprêtait à sortir, elle passa devant lui comme s'il n'existait plus. Il lui fit bien un signe de la tête, mais elle ne répondit pas à son geste. Elle semblait évoluer dans un autre monde.

Michel sortit de la maison très perturbé par ce qu'il avait vu. Mademoiselle Anita s'était changée et avait fait sa valise. Elle allait donc vraiment partir. Qui donc allait venir la chercher ? Dans son énervement, il avait oublié de lui demander s'il pouvait lui rendre service. Alors qu'il descendait les marches de l'escalier, la sonnerie du téléphone retentit plusieurs fois sans que mademoiselle Anita réponde. Dans sa camionnette, Michel s'aperçut qu'il avait oublié la liste des matériaux qu'il devait acheter pour la chambre à coucher. Sur la pointe des pieds, il retourna chercher son carnet. En passant devant la petite chambre, il l'aperçut. Mademoiselle Anita était assise dans son fauteuil, les yeux perdus dans les nuages.

— J'avais oublié mon carnet, lui dit-il dans l'embrasure de la porte.

Mademoiselle Anita ne broncha pas. Seules les aiguilles à tricoter s'amusaient dans les mailles. Michel retourna alors chez lui en plein cœur de l'après-midi. Trop préoccupé par ce qu'il venait de voir, il passa devant la quincaillerie en oubliant complètement d'y faire ses achats. Après deux heures, il retourna devant la maison de mademoiselle Anita. Rien ne semblait bouger à l'intérieur, mais il n'osait pas rentrer. Était-elle encore dans sa pièce? Comment savoir si elle allait bien? Avec beaucoup de précautions, il appuya l'échelle contre la maison et grimpa pour regarder par la fenêtre de la fameuse pièce. Mademoiselle Anita était toujours dans la même position. Il rangea alors l'échelle et se rendit directement à l'agence de voyages pour prévenir Maurice. Peut-être mademoiselle Anita était-elle malade? Maurice était le seul qui rendait visite à Anita. Peut-être pourrait-il faire quelque chose?

Sans prendre le temps de se faire annoncer, pâle comme un drap, il fonça directement dans le bureau de Maurice pour lui raconter ce qu'il avait vu. Le directeur de l'agence eut toutes les peines du monde à le faire assoir et tenta de le calmer. Oui, il était au courant que mademoiselle Anita se trouvait présentement en Suisse. Il avait lui-même fait les réservations. Il n'était donc pas inquiet, et Michel n'avait pas à l'être non plus. Non, Maurice n'avait jamais assisté à un départ de mademoiselle Anita et il trouvait intéressant ce que lui racontait Michel. Jamais il ne se serait douté que mademoiselle Anita préparait une valise, changeait de vêtements et surtout qu'elle savait tricoter. Par contre, elle lui téléphonait à chaque retour pour le remercier. Elle avait toujours apprécié les hôtels qu'il lui avait réservés ainsi que les détails de ses déplacements.

— Voilà, conclut Maurice. C'est tout ce que je peux vous dire au sujet de ses voyages. Lorsqu'elle sera de retour, j'imagine qu'elle aura beaucoup à faire.

— Comme quoi ? demanda Michel.

— Si vous me dites qu'elle prépare ses bagages, elle doit surement les défaire. C'est dans ce sens-là que je le disais. Écoutez, je crois que vous n'avez pas à vous inquiéter. Tout est normal.

— C'est la première fois que je la vois dans cet état, et j'avoue que tout à l'heure, j'ai eu très peur. Je n'ai pas l'habitude des voyages, surtout... surtout des siens. Je ne savais plus quoi faire. J'ai cru qu'elle avait une syncope ou quelque chose du genre. Mais en même temps, elle semblait tellement bien. Vraiment, je ne savais plus quoi penser.

— Vous savez ce que je pense, Michel ? Si vous étiez dans la maison quand elle est partie, c'est que vous comptez beaucoup pour elle. Enfin, je ne veux rien avancer, mais du peu que je connais de cette femme, je crois qu'elle s'est habituée à vous. Ça fait combien de temps que vous avez commencé les travaux chez elle ?

— Trois mois et seize jours.

— Ça veut dire que vous avez eu le temps de faire connaissance. Et puis, mademoiselle Anita est si attachante.

— Et comment ! soupira Michel. Mais on ne peut pas dire qu'on se parle beaucoup dans une journée. C'est peut-être qu'on s'habitue. Ouais, on s'habitue. J'aime bien travailler chez elle. Même que les soirées viennent trop vite, et j'ai toujours hâte de recommencer le lendemain matin. Aujourd'hui, j'ai eu très peur. S'il avait fallu qu'il lui arrive quelque chose... que je la perde...

Comme s'il venait de se rendre compte de la portée de ses mots, Michel devint très rouge, se gratta la joue et baissa les yeux en direction du tapis. Maurice était un très grand ami de mademoiselle Anita et, pour Michel, cette déclaration devenait plutôt embarrassante. Il avait trop parlé. Qu'est-ce qui lui avait pris de se laisser aller à de telles confidences ? La panique lui avait fait dire n'importe quoi. Non, ce n'était pas n'importe quoi, et Michel le sentait bien au fond de lui-même. Il n'avait fait que dire tout haut ce qu'il ressentait depuis longtemps. Le fait de prendre le thé avec mademoiselle Anita, de la savoir tout près de lui le rendait heureux. Depuis le temps qu'il l'entendait à l'épicerie, qu'elle le faisait rêver comme tous les autres. Qu'elle lui ait confié la rénovation de sa maison lui rajeunissait le cœur. Il l'aimait depuis très longtemps, mais il avait tout fait pour le cacher aux autres, et surtout pour ne pas le lui montrer. Instinctivement, il pensait qu'il ne pouvait pas lui avouer son sentiment. Au fond, s'il se taisait, c'est qu'il avait peur d'essuyer un refus; son orgueil ne l'aurait pas supporté. Mais si Maurice avait dit vrai, si mademoiselle Anita s'était habituée à lui, si elle commençait à s'attacher à lui...

Mais voilà : dans un instant de panique, il venait de se dévoiler. Michel était tout à coup malheureux. Il se sentait ridicule et étouffait dans ce bureau.

Maurice sentait bien le malaise de l'homme à tout faire, mais il n'était nullement étonné de sa déclaration. Il avait surpris Madeleine et Lucie en train d'en parler. Maurice avait été un peu abasourdi et les avait mises en garde contre les méfaits possibles des commérages. Il ne fallait surtout pas toucher à mademoiselle Anita. Aujourd'hui, Maurice devait s'avouer que Lucie et Madeleine n'avaient pas tout à fait tort. Il semblait bien y avoir une histoire d'amour qui se construisait au beau milieu des rénovations.

Pour détendre un peu l'atmosphère, Maurice, mine de rien, se mit à expliquer à Michel les travaux qu'il voulait entreprendre dans son sous-sol. Il en était à lui demander son avis lorsque le téléphone sonna.

Michel s'était levé en entendant la sonnerie, mais quand Maurice prononça le nom de mademoiselle Anita, il se rassit d'un coup, comme paralysé.

— Elle vient de rentrer, dit Maurice en raccro-
chant. Il me semble qu'elle a fait un beau voyage.
Elle a l'air un peu fatiguée, mais elle était contente.
J'imagine qu'en ce moment, elle doit défaire ses
bagages. Qu'est-ce que vous en pensez? dit Maurice
en souriant.

Michel se leva de sa chaise pour quitter le bureau
et serra la main de Maurice en le remerciant. Il ne
savait pas comment lui dire que ses confidences
devaient rester entre eux. Mais Maurice prit les
devants.

— Lorsque vous passerez la voir, tout à l'heure,
ne lui dites pas que vous étiez à mon bureau.

— Je ne sais pas si je dois y aller, dit Michel, je
ne sais pas... Tu m'as dit qu'elle avait l'air fatiguée
au téléphone. Je ne voudrais pas la déranger. Et
puis qu'est-ce que je lui dirais. En principe, je suis
censé y retourner demain.

— Vous avez surement oublié quelque chose
chez elle dont vous avez besoin pour faire une
petite réparation dans votre maison. Je vous fais
confiance, vous trouverez bien, dit Maurice en lui
faisant un clin d'œil.

En quittant l'agence de voyages, Michel était
rassuré. Il pouvait faire confiance à Maurice, il
n'irait rien raconter. Il prit son temps en allant chez
mademoiselle Anita. Il voulait lui laisser un peu de
temps. Il gara son camion sur le bord de la route
afin de mieux réfléchir au prétexte qu'il devait
trouver pour se présenter chez elle. Perdu dans
ses pensées, il vit plein de fleurs sauvages dans

le champ. Mademoiselle Anita, qui les adorait, en garnissait sa maison presque chaque jour. Ce matin-là, elle était rentrée les mains vides, trop préoccupée sans doute par les préparatifs de son voyage. Il descendit donc de son camion et se mit à lui cueillir un bouquet.

Lorsque Michel frappa à la porte, mademoiselle Anita était en train de se préparer du thé. Elle avait enlevé sa robe de voyage et remis celle qu'elle portait le matin. La porte de la chambre à souvenirs était de nouveau fermée et plus rien ne subsistait du voyage. En lui tendant gauchement le bouquet, il se rendit compte qu'il n'était pas passé chez lui pour se changer. Pourquoi n'y avait-il pas pensé? Il en aurait eu le temps.

Anita Leduc était bien là, devant lui, et souriait doucement. Michel en avait le souffle coupé. Il avait eu tellement peur de la perdre qu'il l'aurait volontiers serrée dans ses bras pour lui avouer ses sentiments. En lui donnant les fleurs, il aurait juré que ses yeux étaient devenus plus clairs.

— Qu'est-ce que c'est que ces manières? dit mademoiselle Anita. C'est ça, votre travail? Au lieu de planter des clous et de finir les rénovations, vous vous amusez comme un jeune homme à cueillir des fleurs? Est-ce que c'est pour ça que je vous paye, mon ami?

Plus espiègle que jamais, elle s'amusait follement à le voir rougir.

— Oh non, mademoiselle Anita, ce n'est pas ce que vous croyez! Durant votre absence, j'ai...

je... il me manquait des matériaux que j'ai dû aller chercher et, en voyant les fleurs, je me suis dit que vous pourriez... enfin, que vous aimeriez en avoir à votre retour de voyage. J'ai... je voulais...

Pris en faute, Michel regrettait son geste en maudissant les fleurs qui le rendaient ridicule. Après s'être éclairci la voix, il réussit à articuler péniblement :

— Est-ce que vous avez fait bon voyage ? Vous avez l'air fatiguée. C'est si loin la Suisse...

— J'ai fait un très beau voyage, Michel. Merci pour les fleurs ! Elles sont très belles. Je vous ai un peu taquiné, mais je suis contente de vous voir. Allez, venez prendre une tasse de thé avec moi. J'étais justement en train d'en préparer.

— Non, merci, je ne veux pas vous déranger plus longtemps. Je sais que vous êtes fatiguée et que vous devez avoir beaucoup de choses à faire. J'étais seulement venu vous souhaiter un bon retour et vérifier si tout était en place pour demain, dit Michel qui pourtant mourait d'envie d'accepter l'invitation.

— Il se dirigea rapidement vers la chambre à coucher pour examiner le travail qu'il connaissait par cœur. Sans les matériaux qu'il avait oublié d'acheter, il n'avait plus rien à faire dans cette pièce, mais ça lui permettait d'échapper au regard rieur d'Anita et de remettre de l'ordre dans son esprit, encore une fois trop troublé devant cette femme. À son retour dans la grande pièce, mademoiselle Anita avait sorti deux tasses et versait déjà le thé.

Michel n'eut d'autre choix que de s'assoir.

— Je ne suis pas habillé pour prendre le thé, dit-il en rougissant.

— Comme si c'était important, répliqua mademoiselle Anita. Tenez, ça va vous faire du bien à vous aussi, ajouta-t-elle en avançant une tasse. Chaque fois que je reviens de voyage, je ressens toujours le besoin de prendre le thé. Ça me permet de faire le vide après tout ce que j'ai vu. Tant d'images me reviennent, tant de couleurs... et tous ces gens rencontrés... les longues heures sur la route et dans l'avion... Des fois, je me dis que c'est trop. Mais comment résister? Il est difficile de se fermer lorsqu'on voyage. On se dit qu'il serait fou de passer ses journées à l'hôtel alors que le monde nous invite à le voir. Vraiment, je suis incapable de m'arrêter et j'en paye le prix quand je reviens. Vous me comprenez, n'est-ce pas?

Jamais mademoiselle Anita ne lui avait tant parlé. Sa voix était douce et caressante, et c'était bien à lui qu'elle s'adressait. Michel avait de la difficulté à boire son thé; il aurait aimé quitter au plus vite cette maison pour apaiser sa brulure, mais il voulait en même temps que mademoiselle Anita continue à lui parler. Pourquoi la vie était-elle si compliquée? Pourquoi ne pouvait-il pas lui dire enfin qu'il l'aimait?

— Vous me comprenez, n'est-ce pas? dit-elle à nouveau.

— Oui, oui, bien sûr. Si on est sur place, autant visiter, quitte à se reposer en arrivant. Si je voyageais comme vous, je ferais probablement la même chose. Oui, la même chose. Mais là, je sais que vous êtes très fatiguée et je ne veux pas abuser davantage. Je dois y aller. Merci pour le thé, mademoiselle Anita. À demain !

Comme Michel se levait pour partir, mademoiselle Anita lui saisit le bras et, pour la première fois, elle cherchait ses mots et paraissait beaucoup moins à l'aise.

— Michel, articula-t-elle péniblement, vous... vous êtes d'une telle gentillesse à mon égard. Je voulais vous remercier pour les fleurs. Votre geste était très délicat et il me touche beaucoup. J'aurais...

Mademoiselle Anita avala sa salive en cherchant ses mots.

— J'aurais bien aimé vous offrir à souper, mais je n'ai pas grand-chose. Vous savez, lorsqu'on revient de voyage... Ce sera pour une autre fois. À demain, Michel, et merci pour tout.

Mademoiselle Anita exerça une légère pression sur son bras. Michel, bouleversé, avait la gorge trop sèche pour lui répondre. En ouvrant la porte pour sortir, il eut toutefois une idée.

— Anita ! lança-t-il en se retournant.

Du coup, il venait de balayer le « mademoiselle » pour le perdre à jamais.

— J'ai une idée ! Comment ai-je pu être assez bête pour l'oublier ! C'est vrai qu'on n'a souvent rien dans le frigo lorsqu'on revient de voyage. Vous devez mourir de faim. Lanteigne est venu me porter de la morue fraiche, ce midi. Que diriez-vous de venir en manger chez moi ? dit-il tout excité.

— Vous êtes vraiment gentil, Michel, mais j'ai été partie si longtemps que je n'ai pas la force de sortir souper. Merci, ce sera pour une autre fois.

— D'accord, dit Michel pensivement. Je vous comprends, je n'avais pas pensé à ça. Mais attendez, j'ai une autre idée. Et cette fois-ci, vous ne pourrez pas refuser. Je vais chez moi me laver et je reviens avec la morue. Vous n'avez rien à faire, je me charge de tout. Et vous pouvez me faire confiance. Une bonne morue avec des patates, ça va vous faire du bien. En attendant, reposez-vous et faites-moi confiance, vous ne serez pas déçue.

Mademoiselle Anita éclata de rire et accepta la proposition de Michel. Une heure après, lavé et rasé de près, Michel arrivait avec la morue et du vin blanc.

Depuis ce temps, à chaque retour de voyage de mademoiselle Anita, Michel s'était présenté avec le repas et avait été le premier à recueillir ses impressions de voyage.

À la fin de son histoire, Michel regarda Geneviève avec un sourire en coin.

— Je suis un vieux bavard qui t'empêche de travailler. Je vais y aller.

— Non, Michel, vous ne me dérangez aucunement. J'aime bien que vous me fassiez des confidences de temps à autre.

À peine venait-elle de prononcer cette phrase que le téléphone sonna. Maurice voulait parler à

Michel. Après une courte conversation, Michel raccrocha, l'air rajeuni.

— Peux-tu m'endurer encore quelques minutes? lui demanda-t-il l'œil rieur. Anita vient de rentrer de Paris. Le temps qu'elle défasse ses bagages et je la rejoins.

— Tout s'éclaire, maintenant, dit Geneviève. Vous savez toujours quand elle arrive parce que c'est Maurice qui vous prévient, n'est-ce pas?

— Comment voudrais-tu que je le sache autrement? Je ne peux quand même pas faire le guet derrière sa porte tout un après-midi. C'est beaucoup plus pratique d'avoir un informateur. Ah! On annonce une belle fin de semaine! Ce sera agréable samedi soir, ici. Et dimanche, le piquenique pour Anita. Jamais elle n'aura participé à autant d'activités en si peu de jours.

— À propos du piquenique, dit Geneviève, vous n'avez pas réussi à obtenir quelques détails?

— Non, les gens ne veulent rien dire. Bon, il faut que j'y aille. Est-ce que je peux prendre mon crabe?

— Attendez, je vais vous le chercher.

— Geneviève, je t'avais dit que je t'en laisserais. Tu peux en garder la moitié.

— Vous êtes gentil, Michel. Tenez! Et dites bonjour à mademoiselle Anita de ma part.

— Je n'y manquerai pas. Et toi, tu embrasses Madeleine pour moi. À demain, lui dit-il avant de lui faire la bise et de rejoindre mademoiselle Anita.

X

Le samedi suivant son voyage à Paris, mademoiselle Anita se rendit à l'église de son pas fatigué. Le soleil heureux courait à travers les vitraux en de longs éclats de rire. Même Bach avait quitté son air bourru et, le cœur gonflé à bloc, exécutait un air qui lui était inconnu. Bach se surpassait à un point tel que la fille vieille ne voulait plus quitter l'église, d'autant plus qu'elle savait le bedeau occupé dans le cimetière. À la fin du concerto, mademoiselle Anita se surprit à applaudir, faisant du coup se figer tous les saints de l'église. Puisque le soleil n'arrêtait pas de lui faire des clins d'œil, elle décida à son tour de lui en faire quelques-uns. Elle alluma tous les lampions et les cierges de l'église pour que la fête continue.

Bach, de plus en plus énervé, attaqua une fugue, et les saints descendirent de leur piédestal pour danser autour de mademoiselle Anita. Elle dut interrompre leur danse pour aider saint Paul dont la robe accrochée au socle l'empêchait de descendre. Soudain le pas rhumatismal de Charles renvoya les saints à leur place, mettant un terme à la fête.

— Qu'est-ce qui se passe ici ? cria le bedeau, épuisé par sa marche du cimetière à l'église.

Immobile au milieu de l'église, mademoiselle Anita le regardait s'avancer. Son sourire un peu trop moqueur ne présageait rien de bon pour le pauvre Charles. Elle devait surement lui préparer une bonne blague qu'il n'était pas sûr de pouvoir apprécier. Abasourdi, il alla des lampions à mademoiselle Anita pour chercher une explication. Elle ne disait rien, toujours immobile.

— Qu'est-ce que ça veut dire, tout ça ? avança-t-il prudemment. C'est vous qui avez fait ça ?

— Fait quoi ? dit-elle en le regardant droit dans les yeux.

— Les... les lampions. Est-ce que c'est vous qui avez tout allumé, même les cierges sur l'autel ?

— Qu'est-ce que vous en pensez ? dit-elle de sa voix moqueuse.

— Je sais pas qui d'autre aurait pu faire ça. Vous êtes la seule qui venez à cette heure-ci. Après avoir fait le ménage, à matin, j'ai mis des lampions neufs et j'ai même remplacé les vieux cierges pour dimanche. Personne est entré dans l'église à part vous. Tout est allumé ! Ça a dû vous couter une fortune !

— Une fortune ? Bien sûr que non, je n'ai pas mis un sou.

Ou elle se moquait effrontément de lui, ou elle était en train de devenir folle.

— Vous me faites marcher, mademoiselle Anita.

— Allons donc, Charles ! Avec vos rhumatismes, jamais !

— Écoutez, riez pas de moi ! Vous avez mis des sous dans le tronc, n'est-ce pas, mademoiselle

Anita? Vous en avez mis?

— Non!

— Non?

— Non! Pas un sou. J'arrive de Paris, et mon portemonnaie est vide. J'ai tout dépensé là-bas. Aujourd'hui, je n'ai plus rien.

— Ah bon! Mais qui va payer pour les lampions?

— Vous tenez tellement à le savoir?

— Oui, à cause de monsieur le curé. Ça coute cher des lampions. Et quand on les allume, on les paye. Comme ça, on peut en acheter d'autres. Mais si vous avez pas payé, qu'est-ce que je fais?

— Qu'est-ce que vous voulez faire? Vous n'aimez pas la lumière dans l'église? C'est si gai, si beau!

— Pour être beau, c'est beau. Mais monsieur le curé sera pas content. Il voulait avoir du neuf pour dimanche. Vous le connaissez, le curé. Quand il veut quelque chose!

— C'est tellement humide, ici, que tous vos saints commencent à ressentir des rhumatismes.

Hébété, Charles se mit à examiner les statues pour y lire les traces de la maladie qui le faisait tant souffrir.

— Je vous en prie, mademoiselle Anita, cessez de vous moquer de mes malheurs. Est-ce que je peux éteindre?

— Non, c'est si beau! Laissez-les bruler.

— Mais monsieur le curé?

— Dites-lui de m'envoyer la facture, je vais lui payer sa cire.

Et mademoiselle Anita gagna la sortie sans se retourner. Charles s'écrasa sur un banc et regarda bruler les lampions.

— Bon anniversaire, mademoiselle Anita, murmura-t-il. Vos lampions auront été allumés une journée trop tôt.

Elle ne l'entendit pas.

Au même moment, Lucie et Maurice tournaient en rond depuis une demi-heure. Il fallait à tout prix éviter la catastrophe, mais comment ?

— Maurice, fais quelque chose ! Tu es sûr de ce que tu as entendu ce matin ? On ne sait jamais, Martin est toujours saoul et il dit n'importe quoi.

— Peut-être, mais cette fois, j'ai l'impression que c'est la vérité.

— Tu as vu tous les membres du comité organisateur, et personne ne veut parler ?

— Ça fait cent fois que je te le répète, Lucie, ils ne veulent rien dire.

— Je vais y aller, moi, et tu vas voir qu'ils vont parler.

— C'est inutile, ils veulent nous faire une surprise.

— Une maudite surprise, oui ! Je vais téléphoner à Michel.

— J'ai essayé, ça ne répond pas chez lui.

— Il doit être chez mademoiselle Anita.

— Non, tu sais bien qu'elle est à l'église. Je l'ai vue passer tout à l'heure.

— Oui, c'est vrai... Je vais téléphoner chez Geneviève et leur dire de venir immédiatement.

Lucie courut au téléphone en même temps que Maurice quittait la maison pour essayer de trouver Michel. Elle était tellement énervée qu'elle fumait une cigarette après l'autre.

— Geneviève, c'est Lucie. Je vous réveille ? Écoute, il faut que vous veniez à la maison au plus vite. C'est une vraie catastrophe. Non, non, personne de mort ! Mais ça ne va pas tarder. Non, écoute, je t'expliquerai tout en détail. Oui, c'est au sujet d'Anita. Geneviève, cesse de poser des questions et dépêchez-vous d'arriver.

Lucie coupa court à la conversation et téléphona à nouveau chez Michel. Toujours pas de réponse. Il devait bien y avoir quelqu'un qui puisse l'informer. Madame Yvonne ! Mais oui, si une personne était en mesure de tout savoir, c'était bien elle, surtout que son frère faisait partie du comité.

Non, Anita n'était pas encore rendue à l'épicerie, mais on l'attendait d'une minute à l'autre. Oui, elle savait qu'on fêterait mademoiselle Anita lors du piquenique le lendemain. Son frère lui avait expliqué tous les détails et elle avait juré de ne rien dire. Oh non, elle ne dirait rien, surtout aux proches de mademoiselle Anita. Ce serait une surprise pour tout le monde. Lucie avait beau poser mille questions, l'épicière, même sous la torture, ne dirait rien. Lucie, étouffée de rage, raccrocha, jurant qu'on lui payerait ça un jour. Elle l'imaginait fort bien, la grosse Yvonne, en train de se pavaner devant ses clients pour leur dire qu'elle était au courant de tout. Elle fut interrompue dans sa colère par Madeleine et Geneviève qui arrivaient, tandis que Maurice ramenait Michel.

— Pour l'amour du Ciel, dit Madeleine, voulez-vous me dire ce qui se passe aujourd'hui ?

Les filles posaient des questions et tout le monde parlait en même temps, jusqu'à ce que Maurice mette fin à la cacophonie.

— Ça suffit ! Assoyez-vous et écoutez-moi. Je vais vous dire tout ce que je sais. Ce matin, vers huit heures, je suis allé déjeuner à l'hôtel. En sortant, j'ai rencontré Martin qui cuvait encore son vin.

— Pas étonnant, dit Lucie qui lui apportait du café. Personne ne l'a jamais vu sobre, si c'est pas une honte !

— Lucie, coupa Maurice, on n'est pas ici pour parler de Martin, mais plutôt de ce qu'il m'a raconté. Je vous épargne les détails de son délire, mais il m'a dit qu'ils ont décidé de fêter le soixante-dixième anniversaire de naissance de mademoiselle Anita demain, lors du piquenique annuel.

— Ah ! Je n'étais pas au courant de ça, fit Madeleine.

— Je n'ai pas eu le temps de t'en parler hier, dit Geneviève. Mais continue, Maurice.

— Le comité organisateur va lui présenter un cadeau.

— Est-ce qu'ils ont fait une collecte pour l'achat du cadeau ? demanda Madeleine. Il faudrait qu'on fasse notre part, nous autres aussi. As-tu donné quelque chose, Geneviève ?

— En fait, personne n'a rien donné, continua

Maurice. C'est la ville qui paye, et le maire dira que c'est de la part du village.

— Ce sera difficile de la fêter, elle ne participe jamais aux activités du village.

— Voyons, Madeleine, tu dis n'importe quoi, répliqua Lucie, de plus en plus énervée. Le pique-nique annuel est la seule activité à laquelle elle se rend. Elle y passe une heure puis elle retourne chez elle. Elle y sera.

— C'est vrai, j'avais complètement oublié. Mais je ne vois pas ce qu'il y a de catastrophique à la fêter. Au contraire, je trouve ça très beau que les gens y aient pensé, d'autant plus que son anniversaire tombe pile cette journée-là. Où est le drame?

— Le drame! Le drame, tu dis!

— Ça suffit, Lucie, calme-toi un peu, je vais leur expliquer. Les gens vont lui faire un cadeau, mais pas n'importe lequel.

— Quel genre? souffla Geneviève.

— Un billet d'avion.

— Un billet d'avion! s'écrièrent les filles en même temps.

— Es-tu sûr de ce que tu avances? continua Geneviève. Mais ils sont fous ou quoi! Décidément, ils ont décidé de la tuer. C'est impensable, n'est-ce pas Michel?

— Je le sais bien, murmura Michel. Je ne comprends pas.

Geneviève était atterrée.

— Voyons donc, c'est inimaginable! Les gens ne peuvent pas faire ça! Ils savent que mademoiselle

Anita ne s'est jamais déplacée et qu'elle ne se déplacera jamais. Elle a toujours voyagé dans les livres, et tout le monde sait que son seul plaisir a été d'en faire un grand jeu et d'y embarquer tout le monde. Lui offrir un billet d'avion, c'est briser son rêve. C'est lui dire que plus personne ne la croit, que plus personne ne participe à ses rêves. Mais c'est terrible, Maurice, il faut absolument empêcher ça ! As-tu rejoint le maire ?

— Je suis allé deux fois chez lui depuis ce matin, et il n'y avait personne. J'ai vu le conseiller Boudreau qui m'a dit que c'était le maire qui s'était occupé du cadeau. Je vais essayer à nouveau de le joindre.

Au même moment, mademoiselle Anita venait de quitter l'épicerie. Le temps de faire rêver les clients avec un récit de son cru, elle avait salué tout le monde en disant que la température serait idéale pour le piquenique annuel. Devant les regards hébétés, elle leur dit qu'elle s'y rendrait après la messe. Puis, de son pas alerte, même plus alerte que d'habitude, elle retourna chez elle. Les vieillards derrière leur fenêtre la virent passer. Qu'elle était belle, mademoiselle Anita, à la veille de ses soixante-dix ans ! Elle ressemblait encore à la jeune fille qui avait traversé le village au bras d'un étranger cinquante ans plus tôt. Elle avait la même démarche fière, mais son regard moqueur s'était accentué au fil des ans.

Mademoiselle Anita n'avait pas mis les pieds dans sa maison que Maurice rapportait aux autres ce que le maire lui avait révélé au téléphone. Voyant bien que Maurice était au courant des préparatifs de la fête, le maire avait tout raconté.

— Ce n'est pas croyable, dit Maurice. Venez vous assoir, que je vous raconte ce qui se passe. Martin était dans les patates. Ce n'est pas un billet d'avion que le village va lui offrir.

— Je le savais bien! s'écria Lucie. Je savais qu'il ne fallait pas faire confiance à un ivrogne. Je te l'avais dit, Maurice, qu'il ne fallait pas s'énerver. Ce cadeau-là n'avait pas d'allure! Les gens ne sont pas fous à ce point-là et ils n'auraient jamais tenté quoi que ce soit pour la briser. Mais c'est quoi, au juste, le cadeau?

Tout le monde pouffa de rire à la réflexion de Lucie. Si une personne dans cette maison était énervée, c'était bien elle.

— Le cadeau, continua Maurice, est extraordinaire. Malheureusement, je ne peux pas vous dire ce que c'est, je l'ai promis au maire.

— Maurice Landry! hurla Lucie en se ruant sur lui, on a failli mourir d'une crise de cœur à cause des bêtises de l'ivrogne, tu vas nous le dire, sinon ça va aller mal!

— J'ai promis...

— Laisse faire la promesse et parle, sinon je fais une crise de nerfs.

— Du calme, Lucie. D'accord. Mais promettez-moi de ne rien dire à personne.

— Accouche, Maurice, tu m'énerves! cria Lucie.

— Je me demande bien qui a eu cette idée géniale. J'aurais dû demander au maire. Enfin, imaginez-vous donc qu'ils font venir une montgolfière de Montréal. La montgolfière va descendre du ciel pour lui offrir les vœux du village. Durant tout l'après-midi, les gens vont pouvoir faire des tours dans la nacelle et s'élever devant notre faiseuse de rêve. Je suis sûr qu'elle va apprécier. Non, mais... C'est quand même significatif, vous ne trouvez pas ? Un ballon de rêves pour son anniversaire.

— Extraordinaire! s'exclama Geneviève. Je n'y aurais pas pensé. Je suis certaine qu'elle sera très heureuse.

— Pourvu, dit Madeleine, qu'il ne lui vienne pas à l'idée de s'envoler à jamais.

— Je ne suis pas certaine que j'aurais le cœur de monter là-dedans, dit Lucie. Je suis tellement peureuse.

— Moi, j'aimerais essayer, poursuivit Madeleine. J'imagine que tout le monde va vouloir monter. Ils auraient dû en faire venir plusieurs, l'effet aurait été plus percutant. Vous, Michel, allez-vous monter avec mademoiselle Anita ?

— À notre âge, dit Michel, heureux de connaitre enfin l'histoire, ce ne sont pas ces expériences-là qui nous intéressent. On a besoin de choses un peu plus calmes. Je ne crois pas qu'Anita voudra même y monter. J'ai hâte de voir ça, demain. Je n'ai jamais vu de montgolfière de ma vie. Mais savez-vous à quoi j'ai le plus hâte ? À notre fête de ce soir.

— Mon Dieu ! s'écria Madeleine. Avec toutes ces émotions, on oublie notre souper. Viens, Geneviève, l'ouvrage nous attend et si ça continue, nous ne serons jamais prêtes à temps.

— Vous êtes sures que vous n'avez pas besoin

d'aide? Je n'ai rien à faire cet après-midi. Je pourrais vous donner un coup de main, insista Lucie.

— Pas question, dit Madeleine. Nous sommes deux et c'est suffisant. Quand je pense à la montgolfière...

— Moi, dit Lucie, je pense à cet ivrogne de Martin qui nous a fait une belle peur bleue. Si jamais je l'attrape...

— On se sauve! Viens, Geneviève. Vous êtes là à dix-huit heures!

— Oui, dit Lucie, nous y serons comme des taches. Michel, vous passerez prendre Anita?

— Oui, comme convenu. Je peux monter avec vous, je n'ai pas ma camionnette.

— Bien sûr, on vous reconduit.

XI

Il faisait très beau en ce début de juin lorsque Michel vint frapper à la porte de mademoiselle Anita. Il avait revêtu son habit de couleur marine, celui des grandes circonstances. Peu habitué à la cravate, il portait constamment la main à son col pour tenter de respirer un peu mieux. Mademoiselle Anita n'était pas tout à fait prête et elle lui cria de sa chambre de patienter encore un peu. Michel regardait la cour, heureux à l'avance de la soirée qu'ils passeraient ensemble. La fête serait très réussie et Anita, qui ne se doutait de rien, serait comblée pour son soixante-dixième anniversaire. Michel souriait intérieurement. Quelle tête fera-t-elle lorsqu'il lui donnera son cadeau ? Il avait rêvé de ce moment tellement souvent qu'il ne comptait plus le nombre de scénarios qu'il avait imaginés.

— Veux-tu attacher mon collier ?

Michel se retourna vers Anita et eut un choc en la voyant dans sa robe noire.

— Anita, que tu es belle...

Il eut beaucoup de peine à murmurer ces simples paroles, tellement l'émotion lui montait à la gorge.

— C'est parce que tu me regardes avec les yeux de l'amour, lui dit-elle dans un doux sourire.

Michel déposa un baiser sur ses lèvres et prit le collier de perles qu'elle lui tendait. Ses grosses mains eurent un peu de difficulté à l'attacher, si bien qu'un léger filet de sueur imprégnait ses tempes. L'opération enfin réussie, il lui caressa la nuque et les épaules avant de la retourner vers lui.

— Ta robe est magnifique, mon amour, c'est la première fois que je la vois.

— Je ne la porte jamais ici. Seulement quand je vais à l'opéra.

— Alors, tu dois faire tourner bien des têtes. Tu ressembles à une princesse.

— Michel, tu es un incorrigible charmeur. Toi aussi, tu dois en faire tourner des têtes! Car tu es le plus bel homme que je connaisse, et le plus doux aussi.

Michel rougit légèrement de la remarque de mademoiselle Anita. Aussi s'empressa-t-il de lui souligner que s'ils ne se décidaient pas à partir, ils seraient en retard.

— Michel, lui dit Anita en lui caressant la joue, nous n'avons jamais été en retard. Ce soir, nous pourrions bien prendre notre temps et gouter le plaisir d'être ensemble. J'ai tellement de choses à te dire. Mais tu as raison, nous devons y aller avant que les autres s'inquiètent. Nous avons toute la nuit devant nous pour nous parler.

Elle l'embrassa avant de glisser son bras sous le sien.

— J'aimerais que nous y allions à pied, tu veux bien?

— Même si j'ai passé l'après-midi à laver ma camionnette ?

— Le temps est tellement beau, ça va nous faire du bien.

Mademoiselle Anita paraissait encore plus fragile au bras de son géant. Le chemin à travers bois qui menait chez Geneviève et Madeleine était bruyant d'oiseaux. Le soleil traversait les arbres pour entourer le couple qui marchait au même rythme.

— On ne dirait pas qu'on se rend à un souper d'anniversaire. Tu ne trouves pas que ça ressemble à une marche nuptiale ?

— Tu savais que nous fêtions ton anniversaire ? demanda Michel intrigué. Comment l'as-tu su ?

— Je réussis encore à t'étonner, mon ami. Moi qui croyais n'avoir plus rien à t'apprendre.

— Ma chérie, tu m'étonneras toujours. Tu le sais bien. Mais pour ce soir, qui te l'a dit ? Geneviève a bien pris soin de t'expliquer qu'elle donnait cette soirée pour fêter sa future exposition.

— Mais oui, je sais. Et comme par hasard, l'évènement coïncide avec mon soixante-dixième anniversaire. Le prétexte était tout trouvé. C'est comme pour demain : on fêtera mademoiselle Anita pendant le piquenique annuel.

— Tu savais ça aussi ! dit-il, de plus en plus étonné.

— Ce n'est pas très malin à deviner, ça non plus. Ce sera vraiment une très belle soirée et une très belle fin de semaine, lui dit-elle en lui serrant le bras un peu plus fort.

— Attends, Anita ! Tu étais sérieuse, tout à l'heure, avec ta marche nuptiale ?

— Je ne comprends pas...

— Peut-être qu'on pourrait la faire, cette fameuse marche...

— Cher amour, depuis le temps que tu me connais, tu devrais savoir que s'il y a une cérémonie officielle que je déteste, c'est bien celle-là. Nous sommes bien, comme ça, tous les deux. Pourquoi se compliquer la vie ?

— D'accord, d'accord... Mais dans quelques instants, je vais te faire une surprise. Allez, on y va.

Madeleine, Geneviève, Lucie et Maurice les attendaient à l'extérieur, et le couple fut salué par de grands éclats.

— Vous avez l'air en forme, tous les deux, dit Lucie en venant les embrasser. Vous avez une très belle robe, mademoiselle Anita. C'est la première fois que je la vois.

— Merci, Lucie. C'est la robe que je porte à l'étranger.

— Quelle élégance, mademoiselle Anita ! Vous devez surement avoir des tonnes de rendez-vous lorsque vous voyagez.

— Je suis une femme fidèle, Maurice. Je ne cours pas les aventures, surtout lorsque je voyage. Mais Geneviève, mon enfant, n'est-ce pas une soirée où vous devez fêter mon anniversaire ? J'attends toujours vos vœux...

Tous se tournèrent vers Michel.

— Non, ce n'est pas moi. Je vous jure que je n'ai

rien dit. Elle a deviné toute seule. Elle sait même pour demain.

L'avant-midi leur remonta au nez dès qu'ils entendirent le mot « demain ». Mais devant le sourire de mademoiselle Anita, ils l'embrassèrent en lui souhaitant longue vie. Comme Maurice s'apprêtait à dire quelques mots, Michel prit les devants en lui coupant la parole.

— Un instant s'il vous plait. Un instant ! J'ai quelque chose à dire.

Après avoir passé ses doigts entre son cou et son col, et s'être raclé la gorge, il ajouta :

— Je ne suis pas reconnu pour parler beaucoup. Enfin, je n'ai pas la même facilité que ma chère amie. Ce soir, je tiens à vous remercier, car je suis content que vous ayez pensé à fêter l'anniversaire d'Anita et je suis aussi très content que vous m'ayez invité.

— C'est bien naturel, dit Madeleine.

— Ce que je veux vous dire, ce soir, je crois que vous le savez déjà. J'aime Anita. Non, Anita, dit-il en lui touchant le bras, laisse-moi finir. Pour une fois que je suis capable de te le dire devant nos amis. Je ne t'ai jamais demandée en mariage, mais ce n'est pas le gout qui me manquait. Vois-tu, je n'aurais pas été capable d'essuyer un refus de ta part. Aujourd'hui, au lieu de te faire un cadeau pour ton anniversaire, j'ai décidé que j'allais m'en faire un. Et toi, tu ne pourras pas me refuser ce plaisir.

En disant ces mots, il fouilla dans sa poche et sortit un écrin dans lequel reposait un jonc très fin, usé par le temps. Il prit la main d'Anita et glissa le jonc à son doigt.

— Devant nos amis, ici présents, et devant la mer que nous aimons tant, je deviens ton époux pour l'éternité. Je ne déménage pas dans ta vie parce que je sais que nous devons continuer comme avant. J'emménage dans ton cœur de façon officielle, devant nos amis très chers. Le veux-tu, Anita ? murmura Michel.

Mademoiselle Anita avait gardé les yeux baissés. Mais quand elle le regarda, elle pleurait doucement. Elle tendit ses lèvres, et ils scellèrent ainsi leur union. On n'entendait que le chuintement des vagues accompagné de cris d'oiseaux.

— Merci, Anita. Je peux mourir aujourd'hui même, j'ai réalisé mon plus grand rêve.

— Alors, il ne faut pas mourir cette nuit, en pleine lune de miel. Je suis trop jeune pour devenir veuve, monsieur mon nouvel époux, dit-elle en riant.

Puis, faisant tourner le jonc sur son doigt, elle ajouta :

— Ce jonc est très délicat, je l'aime beaucoup. C'est quand même curieux, mais ce soir, j'ai l'impression que tu viens de m'épouser pour la deuxième fois.

— Comment ça ? s'écria Michel.

— Tu as la mémoire courte, mon ami. Je t'ai épousé il y a bien des années, lorsque je revenais d'un voyage en Suisse. Michel... Arrête de rougir comme un jeune homme ! Tu dois bien t'en rappeler.

— Anita !

— Cette nuit-là, c'était clair dans ma tête.

— Tu aurais pu me le dire, au lieu d'attendre douze ans, répliqua Michel, confus.

— Mon Dieu que vous êtes compliqués, vous, les hommes. Vous avez tellement besoin qu'on vous prenne par la main et qu'on vous explique tout! Le fait que tu sois venu dans mon lit était parfaitement significatif, tu ne penses pas?

De plus en plus mal à l'aise devant Anita, qui racontait une partie de leur intimité, Michel se tourna vers les autres qui éclatèrent de rire pour contrer l'émotion. Il passa de nouveau ses doigts entre son cou et son col, et demanda à Maurice de bien vouloir ouvrir la bouteille de champagne qu'il avait apportée pour l'évènement. Madeleine courut à la cuisine chercher les flutes et l'on trinqua à l'amour, à l'amitié et au soixante-dixième anniversaire de mademoiselle Anita.

— Dis-moi, Geneviève, demanda cette dernière, est-ce que le prétexte tient toujours?

— Quel prétexte?

— N'as-tu pas terminé tes tableaux? Si c'est exact, j'aimerais bien savoir à quel moment tu penses nous les montrer.

— C'est vrai, ajouta Lucie, tu as dit que nous verrions enfin ton travail.

— Disons que ça a été notre sujet de discussion une bonne partie de l'après-midi. Moi, je disais que j'allais vous les montrer après le souper, et Madeleine voulait que ce soit avant. On se retrouve devant vous, sans avoir réglé la question. Avant ou après?

— Si on attend après le repas, j'ai l'impression que nous allons nous dépêcher de manger et que nous n'apprécierons pas du tout le festin.

— Je suis d'accord, dit Lucie. Depuis le temps qu'on me refuse l'entrée de l'atelier, ma curiosité et ma hâte vont gâcher le souper.

— Vous connaissez ma femme, les filles. Si on attend trop longtemps, elle va s'énerver et, sans qu'on s'en rende compte, elle aura donné le rythme au repas. On en sera au dessert avant même d'avoir attaqué l'entrée.

— N'exagère pas, Maurice Landry. Je sais vivre quand même !

— L'idéal, bien sûr, ajouta Geneviève, serait de vous présenter un tableau entre chaque service, mais j'en ai vingt-quatre. Je ne me vois pas monter et descendre chaque fois avec les tableaux, je serais épuisée avant longtemps.

— Ça sent bon jusqu'ici, ajouta mademoiselle Anita. Qu'est-ce qu'on mange ? Je suis curieuse de savoir.

— On leur dit, Geneviève, ou on leur réserve la surprise ?

— Assez pour les surprises, les filles. Ça sent tellement bon que j'en ai des crampes dans le ventre, ajouta Maurice qui salivait déjà.

— Voyons voir... du saumon fumé, des ris de veau aux truffes, de l'agneau, une salade, des fromages... Mais là, ne me demandez surtout pas quel sera le dessert et encore moins le nom des vins. Il doit quand même y avoir des surprises.

— Madeleine, ma chérie, tu vas me faire mourir. Soixante-dix ans de vie, ça creuse l'appétit. Mais comme je suis curieuse de voir les tableaux, il me vient une idée : que diriez-vous si nous regardions la moitié des tableaux avant le repas, et le reste en guise de dessert ?

— L'idée est bonne, mademoiselle Anita, mais vu les dimensions réduites de l'atelier, vous les verrez tous en même temps. Suivez-moi.

Ils pénétrèrent dans la maison où les odeurs, plus invitantes les unes que les autres, attirèrent les regards vers la table magnifiquement dressée devant les portes-fenêtres donnant sur la mer. En haut, dans l'atelier de Geneviève, l'odeur de la peinture fraiche réveilla le désir des yeux.

Les tableaux, à cause de l'exigüité de l'atelier, ne révélaient qu'à moitié leur beauté et leur force. La mer miroir, la mer colère, la mer câlin, la mer de tous les jours était présentée sous différents angles. Les personnages évoluant devant ou sur la mer étaient saisissants. Ils avaient l'air de se déplacer dès que les yeux allaient d'une toile à l'autre. Chaque tableau suscitait une allégorie de sentiments. Lucie, Maurice et Michel ne cessaient de s'exclamer devant ce qu'ils voyaient, mais mademoiselle Anita restait muette. Elle regardait religieusement et semblait en état de grâce. Se laissant imprégner par les images. Geneviève et Madeleine se tenaient l'une contre l'autre, surveillant sa réaction. Mademoiselle Anita se retourna enfin pour regarder Geneviève. Aucun commentaire n'était encore sorti de sa bouche.

— Est-ce que vous les aimez, mademoiselle Anita ?

— Si je les aime ? C'est encore plus beau que ce que j'aurais pu imaginer. Je savais que tu avais le talent, mais là ! Tu ne peux pas savoir. Je...

Mademoiselle Anita manquait de mots et avait besoin d'espace pour vivre ce monde que Geneviève avait imaginé. Elle regarda ses amis et leur demanda de descendre et de la laisser seule avec Geneviève. Dès que la porte fut fermée, mademoiselle Anita fit un dernier tour de l'atelier, s'arrêtant devant chaque tableau.

— On dirait qu'il en manque un. Tu nous avais dit qu'il y en avait vingt-quatre. Il n'est pas ici ?

— Non, dit Geneviève en passant la main dans sa longue chevelure. Il est dans la bibliothèque.

— Dans la bibliothèque !

— J'ai pensé que ce dernier tableau devrait vous être montré après souper. C'est celui que j'ai terminé cette semaine.

— Ah bon... Si tu as décidé de garder le mystère jusqu'à la fin, c'est qu'il doit être très spécial.

— Disons que, pour moi, c'est le plus important de l'exposition. C'est celui que j'avais rêvé de faire. Votre portrait, mademoiselle Anita.

— Ah ! Mon portrait ! Tu as fait mon portrait !

— J'ai mis dix ans à le faire. Je ne compte plus les dizaines d'ébauches que j'ai dû faire avant de trouver. Vous avez été et vous êtes encore aujourd'hui tellement importante pour moi, qu'il fallait que je le fasse. Aujourd'hui, je suis contente. Je voulais absolument le terminer et vous l'offrir pour votre anniversaire.

— Geneviève, dit mademoiselle Anita en la prenant dans ses bras. Déjà cette exposition est le plus beau cadeau que tu pouvais nous faire. C'est un bien grand honneur que tu me fais, et je ne suis pas certaine d'être assez importante pour figurer dans une exposition.

Madeleine frappa doucement avant d'entrer dans l'atelier.

— Qu'est-ce que vous faites, toutes les deux, n'avez-vous pas le gout de venir manger? Les amis commencent à s'impatienter en bas.

— Madeleine, j'ai dit à mademoiselle Anita que j'ai fait son portrait.

— Je croyais que tu voulais lui faire une surprise après le souper.

— Elle a remarqué qu'il en manquait un, et je n'ai pas été capable de garder le secret.

— Ah! Mademoiselle Anita, il est tout simplement magnifique. Elle voulait tellement le réussir qu'il en était devenu une obsession, le but ultime à atteindre. Je suis heureuse aujourd'hui, car ce tableau veut vous témoigner notre gratitude. Il veut surtout vous dire à quel point votre amitié nous est précieuse.

— Vous ne saurez jamais à quel point j'apprécie ce geste. Vous aussi, votre amitié m'est nécessaire, et sans elle, je ne suis pas certaine que ma vie aurait été aussi riche. Quand on traverse le temps, on rencontre des obstacles qui font en sorte qu'on aurait le gout de tout abandonner. Avec vous deux à mes côtés et nos amis qui, en bas, s'impatientent, j'ai pu aller au bout de mes rêves. Je ne pourrai jamais assez vous remercier. Mais là, avant de devenir trop sentimentales, on va descendre. J'ai très faim et ça sent bon !

Geneviève lui demanda de ne pas mentionner le dernier tableau, car elle voulait en faire la surprise aux autres. Mademoiselle Anita était touchée. Elle leur prit la main et les serra doucement.

— Vous savez, les filles, je vous souhaite une longue et belle vie, à toutes les deux. Ne brisez jamais ce que vous avez mis tant d'années à construire. Ce serait trop dommage.

— Il n'en est pas question, dit Madeleine en la prenant dans ses bras et en déposant un baiser sur sa joue. Je vous disais bien que je faisais un bon investissement en l'amenant chez moi. N'avais-je pas raison ?

— Madeleine ! s'écria Geneviève, tu n'es qu'une vulgaire calculatrice, une capitaliste de dernier ordre. Si c'est toute la considération que tu as pour moi, je trouve ça tout simplement écœurant.

— J'espère que tu ne crois pas que je vis avec toi pour tes beaux yeux, ma chérie. Tu représentes un bon placement, et j'ai bien l'intention de t'exploiter jusqu'à la fin de nos jours.

— Madeleine, je te quitte à l'instant même, dit Geneviève en lui pinçant le bras. Vous êtes témoin, mademoiselle Anita ! Cette femme m'exploite sans aucun scrupule.

— Les filles, les filles, arrêtez votre cinéma et descendons. Venez, j'ai faim.

Les filles serrèrent très fort mademoiselle Anita et descendirent rejoindre le groupe qui commençait à se poser des questions.

— Voulez-vous nous dire ce que vous aviez de si important à vous raconter, vous autres ? lança Lucie, un peu choquée de ne pas avoir été invitée à faire partie du secret.

— Quelques petits détails à régler, dit Madeleine. Tenez, mademoiselle Anita, venez vous assoir ici. Et que la fête commence ! Geneviève, tu veux mettre un disque ? Je vais chercher le saumon fumé, les assiettes sont prêtes.

Le repas se déroulait dans une ambiance de douce amitié. Les plats et les vins se succédaient, caressant les palais et les cœurs. Mademoiselle Anita avait la parole facile et animait sans cesse la conversation. Ils virent le soleil se coucher au milieu de longues lignes roses et mauves, et ils levèrent leurs verres à la beauté du monde.

— Mes chers amis ! dit Geneviève en se levant de table. Pour le dessert, nous avons pensé exécuter... Exécuter est le terme exact, n'est-ce pas, Madeleine ?

Celle-ci acquiesça.

— Alors voilà : au lieu de faire un gâteau, nous avons pensé exécuter un dessert que mademoiselle Anita adore manger lorsqu'elle se rend à Lyon. Il s'agit de profiteroles au chocolat.

— J'adore, j'adore ! dit mademoiselle Anita, qui ressemblait à une petite fille tellement elle était heureuse.

Après avoir mangé le dessert et bu le café, les amis

passèrent au salon, où mademoiselle Anita accepta de prendre un cognac pour continuer la soirée.

— Et maintenant, est-ce que je peux le voir ? demanda mademoiselle Anita, bien installée dans son fauteuil.

— Voir quoi ? demanda Lucie.

— Nous allons le chercher tout de suite, dit Madeleine. Fermez vos yeux !

Geneviève et Madeleine disparurent à toute vitesse dans la bibliothèque. Elles revinrent avec un chevalet qu'elles installèrent devant mademoiselle Anita.

— Regardez, maintenant, souffla Geneviève à mademoiselle Anita.

En ouvrant les yeux, celle-ci se trouva face à elle-même ! Michel eut juste le temps de saisir le verre de cognac qui lui glissait des doigts. Pas un muscle du corps ou du visage n'esquissait un mouvement. Le temps, suspendu, la laissait regarder.

— Geneviève, chère enfant... Tu as réussi à y mettre l'univers. Remarquable ! Je suis tellement heureuse. Tu viens de réaliser tous mes rêves. Merci... merci, mon enfant !

Mademoiselle Anita lui saisit la main, l'attira vers elle et la serra très fort au milieu des larmes.

— Il vous plait ?

Et mademoiselle Anita, incapable d'en dire plus, resserra son étreinte.

Alors, Michel, Madeleine et Maurice entonnèrent la chanson d'anniversaire et applaudirent à tout rompre.

— Pour une surprise, c'est toute une surprise, dit Michel. Je ne savais pas que tu avais fait son portrait. Elle est tellement belle, je n'en reviens pas !

— Plus que nature, suggéra mademoiselle Anita, qui retrouvait peu à peu l'équilibre de ses émotions.

— Ce n'est pas ce que je voulais dire, s'empressa d'ajouter Michel en déposant un baiser sur son front et en lui redonnant son verre. Il est très réussi. Est-ce qu'il fait lui aussi partie de l'exposition ?

— Bien sûr, dit Geneviève ; mais il ne sera pas à vendre puisqu'il appartient à mademoiselle Anita. Il est réussi, non ?

Après que tout le monde eut de nouveau examiné le tableau, Geneviève suggéra de le retourner dans la bibliothèque pour continuer la soirée.

— C'est vraiment une très belle fête ce soir, murmura mademoiselle Anita.

Puis, se tournant vers Michel, elle lui dit de son ton moqueur :

— Michel, il y a une seule chose que nous n'avons jamais faite ensemble. C'est bien peu, me diras-tu, mais il est temps que nous le fassions.

— Je ne sais pas ce que c'est, mais vos désirs sont des ordres, ma reine.

— Qu'est-ce que tu dirais si on s'essayait à danser ? Les filles, mettez-moi quelque chose de bien, mais pas de rock and roll, ce n'est plus pour moi.

— J'ai trouvé... *Dansons la rose*, avec Yves Montand. Ça vous va ?

— J'adore... Allez, jeune homme, invitez-moi à faire quelques pas.

Michel s'inclina devant mademoiselle Anita et, serrés l'un contre l'autre, ils se perdirent quelque part en Picardie. Maurice, à son tour, tint absolument à ce qu'elle lui accorde une danse. Mademoiselle Anita s'amusait comme une petite fille et dansa avec tout le monde. Après quoi, elle décida de rentrer. Comme elle le disait, il lui fallait accorder un peu de temps à son nouvel époux.

Michel et Anita refusèrent la voiture de Maurice, préférant s'en retourner comme ils étaient venus. La nuit leur appartenait.

XII

Personne ne savait exactement pourquoi le curé était de si mauvaise humeur. Habituellement, le matin du piquenique annuel, il officiait avec jovialité, mais aujourd'hui, tout le monde, du premier au dernier banc, pouvait sentir sa colère. Aucun cierge, aucun lampion n'étaient allumés. Quinze minutes avant la messe, le curé avait engueulé le bedeau pour avoir tout laissé bruler la veille, et il avait refusé de remplacer cierges et lampions pour la fête. Il en voulait à mademoiselle Anita. Il aurait bien aimé lui dire sa façon de penser durant le sermon, mais il n'osa pas, sachant fort bien que les paroissiens auraient pris sa défense. Il se défoula donc en brusquant la cérémonie.

Après la messe, tout le village se réunit sur le terrain derrière l'aréna. Une petite estrade avait été érigée pour les dignitaires, ainsi qu'une plate-forme pour recevoir les musiciens et les danseurs. Divers kiosques avaient été montés pour vendre des rafraichissements, de la nourriture de toute sorte et de l'artisanat. Il y avait également des jeux d'adresse et de hasard.

Vers midi, mademoiselle Anita, au bras de Michel, fit son entrée sur le terrain. Michel avait mauvaise mine et semblait avoir du mal à suivre une Anita au meilleur de sa forme.

Hilaire, le maitre de cérémonie officiel de tous les évènements du village, souhaita la bienvenue aux gens et leur expliqua le déroulement de la journée. Il en profita également pour annoncer, même si tout le monde était au courant, que le piquenique annuel coïncidait avec le soixante-dixième anniversaire de naissance de mademoiselle Anita, et qu'on lui dédiait cette journée. Le maire vint donc chercher celle-ci et invita également Michel à monter sur l'estrade d'honneur.

Mademoiselle Anita salua les gens de la main, alors qu'on lui criait bonne fête d'un peu partout, et s'installa pour écouter les discours. Près du maitre de cérémonie, on avait installé un immense panier dans lequel on venait déposer les cartes de souhaits pour mademoiselle Anita. Certains allaient jusqu'à monter sur l'estrade pour l'embrasser et lui remettre un petit cadeau. Le maire et le député parlèrent longuement, suivis de représentants de diverses associations. À la fin des discours, le maire l'invita à signer le livre d'or et, par la suite, à bien vouloir dire quelques mots, à la grande joie des villageois.

Mademoiselle Anita eut beaucoup de difficulté à commencer à parler, étant donné que les gens ne cessaient de l'acclamer et de l'applaudir.

— Un instant ! fit-elle en levant la main pour faire taire le chahut. Vous êtes vraiment gentils, réussit-elle à articuler. Je vous remercie beaucoup d'avoir pensé à souligner mon soixante-dixième anniversaire. Vous savez, j'ai toujours aimé ce village. C'est ici que j'ai connu mes plus grands bonheurs. J'ai voyagé beaucoup, dans ma vie, et j'ai l'intention de le faire encore longtemps. Chaque fois que je revenais, vous étiez fidèles au rendez-vous. C'est cette fidélité qui m'a rendue heureuse. Vous savez, à soixante-dix ans, il peut arriver beaucoup de choses, et si nous devions nous quitter... Rassurez-vous, s'empressa-t-elle d'ajouter pour calmer la réaction des gens. Rassurez-vous, j'ai de nombreuses années devant moi et j'ai l'intention d'en profiter. Je disais simplement que si nous devions nous quitter, il faudrait le faire dans cet esprit de fête. Merci, merci mille fois de me faire vivre cette journée, et amusez-vous bien, comme je le fais en ce moment.

Au milieu des cris et des applaudissements, le maire lui présenta des fleurs. Quelques personnes demandèrent la permission de venir présenter leurs vœux au micro et parlèrent en termes élogieux de cette femme qui les avait tant de fois fait rêver. Mademoiselle Anita n'écoutait plus rien, les yeux levés au ciel. Et lorsqu'elle vit apparaitre la montgolfière, elle serra très fort le bras de Michel.

Les lettres, à peine visibles dans le ciel, se mirent à grossir à mesure que le ballon descendait. Le village entier put lire : *Bon anniversaire, mademoiselle Anita! Merci pour vos voyages!* L'euphorie était à son paroxysme. La plupart des gens voyaient pour la première fois une vraie montgolfière, aussi l'excitation courait-elle des adultes aux enfants. Et tous se dirigèrent pour voir de plus près cet immense ballon.

Mademoiselle Anita, heureuse comme une petite fille, applaudissait et riait de bon cœur tandis que Michel gardait obstinément les yeux baissés. Alors que la montgolfière se retrouvait à quelques mètres du sol, Lucie poussa un cri de surprise.

— C'est Rémi! Maurice, c'est Rémi dans le panier!

Et les gens du village reconnurent le jeune Landry, un des jumeaux de Maurice et Lucie, qui descendait en saluant tout le monde. Le cœur de mademoiselle Anita bondit en même temps que le ballon toucha terre. Rémi descendit de la nacelle et courut vers l'estrade, embrassant sa mère, Madeleine et Geneviève au passage. Il se retrouva sur l'estrade devant mademoiselle Anita qu'il souleva dans ses bras.

— Bon anniversaire, ma bonne fée, et puisse votre voyage être le plus beau du monde, lui murmura-t-il, avant de la déposer à terre.

Il prit le micro pour chanter «Bonne fête, Anita!», que la foule entonna avec lui. Et Rémi de continuer :

— C'est un grand jour, aujourd'hui, que cette fête pour la femme la plus aimée du village. D'abord, je tiens à remercier monsieur le maire et son conseil d'avoir bien voulu prendre en charge la location de la montgolfière pour cette fête. Pour souligner ce grand jour, monsieur le maire me prie de vous dire que tous ceux qui rêvent d'y faire un tour pourront y monter, car il y aura des ballades tout l'après-midi. Mais auparavant, il est de mise de demander à notre héroïne de bien vouloir monter à bord et de s'élever avec nous dans les nuages, elle qui nous y a conduits par ses mots. Mademoiselle Anita, voulez-vous nous faire l'honneur d'y monter faire un tour?

— Moi? À mon âge?

— Ce n'est pas dangereux, vous verrez. Il y a même du champagne pour vous.

Mademoiselle Anita murmura quelques mots à l'oreille de Michel qui fit non de la tête. Elle serra sa main dans la sienne et lui dit à nouveau quelques mots. Michel se leva lentement et, sans laisser sa main, la suivit jusqu'au ballon. En passant devant ses amis, elle les serra très fort en les embrassant.

— Vous n'avez pas peur de monter? lui demanda Geneviève.

— Pourquoi aurais-je peur? Rémi et Michel sont avec moi. Tu essayeras, toi aussi, je suis certaine que tu vas aimer.

— Soyez prudente, cria Madeleine.

— Donnez-nous une heure de promenade. Après tout, c'est ma fête.

Et le ballon s'élança dans un ciel rieur et tendre. Mademoiselle Anita, une coupe de champagne à la main, salua tout le monde.

Au bout d'une heure, le ballon réapparut au-dessus de la fête. Les gens se ruèrent immédiatement vers la montgolfière pour voir la réaction de mademoiselle Anita. Ses premières impressions devaient les décider à y monter à leur tour. Ils jouaient du coude pour se retrouver en première rangée. Quand le ballon se posa, seuls Michel et Rémi descendirent de la nacelle. Mademoiselle Anita n'était plus là.

— Où est-elle? cria Geneviève. Michel, où est-elle?

— À... à Paris, réussit-il à articuler.

La foule se pressait autour des amis de mademoiselle Anita et voulait comprendre pourquoi celle-ci n'était plus dans le ballon.

— Comment ça, à Paris? hurlait maintenant Lucie. Êtes-vous malades? Rémi, veux-tu me dire ce qui se passe?

— Du calme, maman, du calme. Je lui ai donné le billet d'avion qu'elle m'avait demandé de lui acheter, et nous l'avons déposée à l'aéroport où un avion l'attendait pour la conduire à Montréal, d'où elle s'envolera pour Paris.

— Es-tu fou? hurla Geneviève.

— Non, Geneviève. C'est elle qui le voulait ainsi, et ça fait des mois que tout est organisé.

— Pourquoi ne pas l'avoir dit? coupa Lucie avec colère.

— Elle ne voulait pas, maman.

— Quand revient-elle? demanda nerveusement Maurice.

— Elle a pris un aller simple, répondit Rémi.

FIN

Remerciements

Il n'existait aucune version numérique de ce roman lors de la parution en 1989. Marie Leclerc a dû retaper le texte afin que cette nouvelle édition puisse voir le jour. Merci, Marie, pour ta patience et ton professionnalisme.

Merci à toute l'équipe de Perce-Neige pour avoir donné une seconde vie à ce roman.

Christiane St-Pierre

Emmanuelle Tremblay
Université de Moncton (UMCS)

Des vertus de la différence

«Elle a toujours voyagé dans les livres, et tout le monde sait que son seul plaisir a été d'en faire un grand jeu et d'y embarquer tout le monde.» En effet, l'héroïne de Christiane St-Pierre est détentrice d'un pouvoir hors du commun. Par le récit de ses voyages, mademoiselle Anita fait entrer le monde au sein d'une communauté qui, sans qu'elle soit nommée, rappelle ces petites municipalités acadiennes du bord de mer. En tant que personnification d'une parole vivante qui prend le relais de la tradition orale, la septuagénaire insuffle ainsi une magie au quotidien qui se trouve peu à peu contaminé, voire transformé, par l'impérieuse emprise d'une imagination puisant sa matière dans des livres et des souvenirs de voyage glanés ici et là.

Paru aux Éditions d'Acadie en 1989, *Absente pour la journée* est un roman qui, sous l'apparente simplicité de la narration, révèle un subtil alliage entre l'écrit et une oralité dont les marques donnent une coloration singulière à un style parfois soutenu. De prime abord, l'hybridité qui en résulte est attribuable aux modalités du conte. En l'occurrence, la figure de la répétition et le procédé des récits emboîtés concourent à établir une chaine de transmission que renforce la rumeur colportant les aventures de mademoiselle Anita; ce qui n'est d'ailleurs pas sans conférer une aura légendaire au personnage. À ceci s'ajoutent les effets d'une idiosyncrasie acadienne, péninsulaire, qui se traduit par différents niveaux de langue, selon la fonction des protagonistes dans la communauté décrite, toutes classes sociales confondues : épicière, homme d'affaires, bedeau, artiste-peintre, homme à tout faire, médecin; gens d'origines locales ou autres.

De plus, l'hybridité de ce texte est redevable à l'heureuse rencontre du conte avec une esthétique réaliste, laquelle ancre l'action dans le contexte des années 1980. La réédition d'*Absente pour la journée*, dans une version revue par l'auteure, vise donc à partager le plaisir procuré par la lecture qui ne s'engage pas que dans l'entredeux des langues. Le mélange des genres produit également une fable au charme certain, dont quelques passages s'apparentent au réalisme magique, dans la mesure où des faits extraordinaires sont présentés de façon naturelle et, inversement, des faits quotidiens sont racontés de manière à paraitre prodigieux.

La réédition de ce roman vient pallier le manque laissé par les Éditions d'Acadie qui en ont assuré la première publication, en rendant de nouveau disponible une œuvre qui représente un des jalons du développement de la littérature acadienne. Comme d'autres l'ont fait remarquer, *Absente pour la journée* est un roman qui délaisse les lieux communs de l'héritage culturel (Boudreau et Maillet 1993; Destrempes et Morency 2010). En décrivant les mœurs contemporaines, St-Pierre se distancie du courant d'importance que constitue le roman historique, sa démarche s'inscrivant plutôt dans un contexte qui a vu naitre «une littérature du présent», comme Raoul Boudreau désigne ce souci de rendre compte de l'expérience de la modernité (Boudreau et Maillet 1993, p. 734). En raison de l'ancrage local de l'action et de ses thèmes, *Absence pour la journée* n'en présente pas moins une source de réflexion sur le vivre-ensemble en Acadie qu'il s'avère essentiel de soumettre à l'interprétation de nouvelles générations de lecteurs.

Imaginer la communauté dans le plaisir partagé

Le «grand jeu» auquel Christiane St-Pierre convie ses lecteurs est celui du pari de la littérature comme art de vivre. En tant qu'elles abolissent la frontière entre la réalité et la fiction, les histoires racontées par son héroïne permettent de mettre les membres de la communauté en relation avec un ailleurs constamment renouvelé par le récit. En ce sens, ce roman « ouvre considérablement l'espace acadien » (Boudreau et Maillet 1993, p. 737). Il découle de ce fait que les récits de mademoiselle Anita resserrent le tissu social autour du principe de plaisir, lequel apparait, dans l'économie romanesque, comme un facteur à la fois d'émancipation et d'intégration de la différence. Garder les autres en haleine par des mots, n'est-ce pas un peu comme les prendre au filet d'une histoire qui, le temps du récit, créera des liens entre les auditeurs sur l'horizon de leurs attentes, aussi variées soient-elles ? De cette façon naissent les complicités et s'établissent des affiliations discrètes autour du « seul plaisir » de la conteuse qu'est celui de l'imagination, vertu centrale du récit autour duquel se forme une communauté dans l'écoute.

Les rapports étroits entre le récit et le devenir des collectivités est un phénomène reconnu des sociologues qui se sont intéressés au rôle de l'imaginaire dans la construction identitaire. À cet égard, Joseph-Yvon Thériault a mis en valeur la fonction mythique qu'a pu prendre le poème d'Évangéline avec lequel la littérature acadienne est en constant dialogue depuis la fin du XIXᵉ siècle jusqu'à la modernité (Thériault 2013). Or, s'il est un récit qui donne sens à la collectivité dans l'univers de St-Pierre, il n'appartient en rien à l'imaginaire de la diaspora dont sont absentes les traces que pourraient révéler les thèmes de l'errance et de la souffrance, par exemple. L'imaginaire qui sous-tend *Absente pour la journée* s'enracine plutôt dans une culture populaire qui est représentée à travers l'expression des habitants de la petite localité dépeinte et, surtout, dans le plaisir partagé pour la parole, vecteur de convivialité.

Dans l'épicerie de madame Yvonne, la parole est rassembleuse, dans la mesure où elle procure le rêve auquel tout un chacun accède en ayant « l'impression de voyager » à l'écoute de mademoiselle Anita. Si le récit a un rôle de catalyseur, ce n'est qu'en tant qu'il comble ce besoin d'évasion commun aux personnages de St-Pierre, tout en consolidant l'expression d'une appartenance locale par la représentation d'une culture de l'oralité. Une autre vertu du plaisir offert par l'imagination est par conséquent celle de l'émancipation qui, tout en faisant « voyager », crée le lien social. Le principe organisateur de la communauté ne relève donc pas d'une Acadie de la mémoire. Il correspond plutôt au plaisir renouvelé, *hic et nunc*, dans le partage d'une même passion pour l'ailleurs. Quant à cette dernière, elle est mise en branle par l'imagination grâce à laquelle mademoiselle Anita entre dans un «état de voyage» propice au dépaysement qui est, pour ainsi dire, fédérateur.

Sur la base d'un tel paradoxe repose le récit qui permet de «faire société» (Thériault 2007), à condition de donner à l'expression utilisée par Thériault un sens restreint. En effet, l'identification à la communauté, s'il en est une, ne procède pas d'une intentionnalité politique ni ne s'appuie sur des fondements idéologiques. Elle accompagne une pratique de l'art de vivre. Ancrée dans le quotidien, cette dernière est tributaire de l'imagination déployée par la parole qui exerce un pouvoir de fascination dans l'entourage de mademoiselle Anita. Or, l'art de vivre renvoie aussi, plus largement, à un hédonisme figuré par la description des plaisirs des sens procurés par les délices de la table comme ceux de la conversation dans l'amitié, de l'amour partagé dans l'union libre, de la musique de Bach et de l'art visuel.

À travers le personnage de Geneviève, la peinture constitue par ailleurs une métaphore de la réalisation de soi, dans la mesure où elle permet à l'artiste d'origine québécoise de trouver une place dans la communauté où elle choisit de vivre. «La peinture, affirme mademoiselle Anita, c'est le monde intérieur projeté à l'extérieur». Il appert toutefois que cette intériorité doit être animée par une volonté d'embrasser le monde. C'est du moins ce que précise mademoiselle Anita à Geneviève qui a réalisé son portrait : «Tu as réussi à y mettre l'univers. [...] Tu viens de réaliser tous mes rêves.» Ainsi, l'expression individuelle est porteuse de la visée universelle qui crée l'émotion artistique autour de laquelle les individus se rejoignent dans une communion de sensibilités, comme celle-ci se crée dans la scène finale du souper au cours duquel les tableaux de Geneviève sont dévoilés, de même que les sentiments de chacun envers les autres.

En raison de l'importance qui est accordée au pouvoir émancipateur de l'imagination dans *Absente pour la journée*, il n'est donc pas étonnant qu'on ait pu conclure à un «roman sur l'évasion» (Whitfield, 1990, p. 17). En effet, comment ne pas voir dans les voyages de mademoiselle Anita une anticipation de l'*oculus rift*? À l'instar de l'héroïne de St-Pierre qui, s'absentant pour la journée, échappe au temps linéaire par le seul pouvoir de son esprit, les nouvelles technologies offrent également la possibilité de découvrir le monde dans le confort d'un fauteuil. Le recours à un masque doté d'un écran numérique placé devant les yeux permet, en effet, de faire l'expérience d'autres lieux en monopolisant tous les sens, comme si on y était. L'analogie demeure toutefois incomplète. Quoique les voyages de mademoiselle Anita puissent être comparés à une réalité virtuelle, ils sont toutefois doublés de la dimension de la parole qui est le thème principal du roman. Au contraire de l'utilisateur de l'*oculus rift*, la conteuse est le maitre de son propre récit qui a des incidences sur la réalité qu'il modifie par son pouvoir rassembleur. Bref, si l'imagination procure l'évasion, elle permet aussi de recréer de façon originale les possibles du vivre-ensemble tout en favorisant l'intégration de la différence, car mademoiselle Anita est avant tout une étrangère qui cumule plusieurs traits de la marginalité.

Un roman de l'intégration

Dans une longue analepse couvrant plus d'une cinquantaine d'années, le deuxième chapitre du roman est consacré au passé de la conteuse, lequel constitue un ancrage historique singulier. Plutôt que de remonter à la Déportation, la genèse du récit est en fait celle d'une immigration, car le père de l'héroïne, Albert Leduc, est un étranger à qui un Cormier a vendu ses terres avant la Seconde Guerre mondiale, et ce, «à l'insu de tous». Le récit de l'arrivée des Leduc en sol acadien est véhiculé par la rumeur; il appartient donc à la culture populaire qui forge la légende en marge de l'Histoire officielle. Cet étranger «dont le léger accent rappel[e] les vieux pays» représente «mille mystères» dont mademoiselle Anita est l'héritière. Dans cette optique, il est intéressant de souligner le réinvestissement que fait St-Pierre de la tradition orale en la couplant avec une figure de la marginalité qui redynamise celle-ci dans le contexte de la modernité. La problématique identitaire se trouve par conséquent infléchie du côté d'une filiation autre que celle du lignage acadien pour mettre en valeur celle de l'immigration dans la société contemporaine.

Le thème de l'étranger a largement alimenté la réflexion dans d'autres littératures, que ce soit en ce qui concerne les écritures dites migrantes (Moisan et Hildebrand 2001) ou par son inscription dans la tradition littéraire québécoise, par exemple. Associé à Éros, tel le Survenant, il a une fonction régénératrice; au contact de l'étranger, le milieu qui l'héberge se revivifie et se transforme. À la lecture *d'Absente pour la journée*, il est difficile de ne pas tenir compte des significations symboliques rattachées à ce thème (Marylea MacDonald, 2012). Mademoiselle Anita n'incarne-t-elle pas cette vitalité autour de laquelle se greffent les destinées des autres personnages, tant en raison de leur attrait pour son pouvoir d'imagination que par simple curiosité face à son mode de vie marginal?

En plus de venir d'ailleurs, la protagoniste de St-Pierre se distingue par des mœurs hors norme: à commencer par un statut social atypique dans une collectivité où la famille est la principale référence identitaire. Orpheline de mère, Anita grandit dans un contexte non traditionnel et acquiert rapidement une indépendance qui revêt une aura de mystère. En choisissant l'amour libre au détriment de l'institution du mariage, elle revendique de plus le statut de vieille fille, de manière à en affirmer le potentiel libérateur. C'est pourquoi un point de vue de type féministe conduira à interpréter cette valorisation d'une figure de la marginalité comme une « interrogation des stéréotypes féminins » (Whitfield, 1990, p. 7).

Si le roman de St-Pierre ouvre l'espace acadien de son époque, c'est donc en raison de la place qui y est accordée à la différence, car non seulement mademoiselle Anita alimente la rumeur qui se crée autour d'elle, mais aussi s'approprie-t-elle la parole pour opposer (et imposer) son propre récit à la norme. De sorte qu'il est permis de considérer *Absence pour la journée* comme une fable sur les vertus de la différence qui, personnifiée par mademoiselle Anita, met la parole et l'imagination au service de l'intégration. L'hommage que rend la population de la petite localité à la conteuse, en final, offre d'ailleurs une éloquente illustration de ce que la réception critique a pu saluer comme étant une réflexion sur « l'acceptation du droit à la différence » et un « éloge de la tolérance » (Boucher 1989, p. 1).

On pourrait se laisser tenter par un rapprochement entre le parcours de mademoiselle Anita et celui de l'auteure d'origine québécoise qui, par ses talents de conteuse, s'est taillé une place dans le champ de la littérature acadienne. Toutefois, ce serait là outrepasser les limites de l'interprétation, car aucune donnée biographique ne donne ancrage à tel rapprochement. Cela dit, le personnage de la conteuse présente une allégorie de la liberté créatrice qui constitue un facteur d'intégration dans la société d'*Absente pour la journée*. Maurice, l'agent de voyage et ami de mademoiselle Anita, affirme à son sujet qu'elle est « une magicienne du rêve ». Pour sa part, Geneviève la compare à un « un tableau vivant », confessant sa fascination pour celle qui l'incitera à quitter son emploi comme fonctionnaire et à se consacrer entièrement à son œuvre picturale. L'attrait pour l'ailleurs exercé par la parole de mademoiselle Anita se double donc d'une valorisation de la liberté créatrice grâce à laquelle l'imagination pénètre le réel, agissant ainsi sur le monde. C'est à cette fascination que le lecteur pourra s'en remettre, de manière à faire le pari du rêve, cet « intangible qui repose en l'homme » (Canetti, 1998, p. 249) et que St-Pierre livre ici pour son seul plaisir.

BIBLIOGRAPHIE

BOUCHER, Monique (1989), compte rendu d'*Absente pour la journée*, dans *Pleins-feux*, p. 1-2.

BOUDREAU, Raoul et Marguerite Maillet, « Littérature acadienne », dans Jean Daigle (dir.) (1993), *L'Acadie des Maritimes*, Moncton, Centre d'études acadiennes, Université de Moncton, p. 707-750.

CANETTI, Elias (1998), *Le territoire de l'homme réflexions : 1942-1972*, Paris, Librairie générale française.

DESTREMPES, Hélène et Jean Morency (2012), « Bilan et perspectives postcoloniales du roman acadien depuis 1980 », dans Robert Dion, Ute Fendler, Albert Gouaffo et Christoph Vatter, *La Communication interculturelle dans le monde francophone : transferts culturels, littéraires et médiatiques*, St. Ingbert, Röhring Universitätsverlag, p. 57-80.

MACDONALD, Marylea (2012), « Absente pour la journée », dans Janine Gallant et Maurice Raymond (dir.), *Dictionnaire des œuvres littéraires de l'Acadie des Maritimes - XXᵉ siècle*, Sudbury, Éditions Prise de parole, p. 3-5.

MOISAN, Clément et Renate Hildebrand dans une perspective diachronique (*Ces étrangers du dedans. Une histoire de l'écriture migrante au Québec (1937-1997)*, Québec, Éditions Nota bene, 2001, 363 p.).

ST-PIERRE, Christiane (2015 [1989]), *Absente pour la journée*, Moncton, Les Éditions d'Acadie.

THÉRIAULT, Joseph Yvon (2013), *Évangéline. Contes d'Amérique*, Montréal, Québec Amérique.

-------- (2007), *Faire société. Société civile et espaces francophones*, Sudbury, Prise de parole.

WHITFIELD, Agnès (1990), « Voyage à l'intérieur de soi : on ne part pas sans boussole », *Liaison*, nᵒ 58, p. 17.

DE LA MÊME AUTEURE

Sur les pas de la mer, nouvelles, Moncton, Éditions d'Acadie, 1986 (Prix France-Acadie).

Absente pour la journée, roman, Moncton, Éditions d'Acadie, 1989.

Mon cœur a mal aux dents, théâtre jeunesse, Moncton, Éditions d'Acadie, 1991.

Hubert ou comment l'homme devient rose, théâtre, Moncton, Éditions d'Acadie, 1994.

TABLE DES MATIÈRES

Achevé d'imprimer
pour le compte des Éditions Perce-Neige
en septembre 2015.

Imprimé au Canada
sur les presses de l'Imprimerie Gauvin, Gatineau, Québec.

L'intérieur de ce livre a été imprimé sur papier contenant
100 % de fibres postconsommation et certifié FSC.